小学館文庫

旅だから出逢えた言葉Ⅲ

伊集院 静

小学館

目次

III

F36

スペイン／カタルーニャ
Catalunya, Spain

質の良い絵画の鑑賞は、
上質の小説を読むことと
似ている

巻頭の写真を見て、建物の、モダンな骨組の装飾からして、ここがパリのシャルル・ド・ゴール空港の国際線の出発ロビーのひとつとわかる方は、フランス人の、よほど国際線をよく利用している方だろう。

十数年前のまだ若い私が何やら懸命に読んでいる書物は想像できる。おそらくこれから旅発つ場所にある美術館か、鑑賞しようとしている画家か、彼が生きた年代を語った本だろう。ゲートが36番とあるのでフランスから南へ目指したのかもしれない。

ニース方面だとしたら、イタリアか、スペインへの途上と思われる。

ご存知の方もあるやもしれぬが一年半近く前に私は大きな病気をし、二度の手術ののち、こうして原稿を書けるまでになった。ありがたいことである。連載途上になっていた新聞小説の執筆も脱稿でき、この十一月には本となる。夢にも思わぬことであった。

再執筆で厄介だったのは両手、特に左手の痛みだった。原因がわからずいろいろ活路を求めている時、手外科医という医師にめぐり逢った。〝良い医師に逢うのは人生の好運〟と言われるが、大病の方でも良い医療チームに恵まれた。その手外科医H瀬先生は気さくな方で、完治に悩む私に「大丈夫です、手が治ったらまた書いて下さいね」とこの雑誌の名前を口にされた。病気以来休載になっていた随筆をこうして書いていられるのは先生のお蔭である。今夏、私は思い切って再手術し、その結果、こちらは脳神経外科医のO先生から、「あなたの旅の本を読みました。また書いて下さい」「えっ、飛行機に乗れるんですか」「勿論」。私はおそらく狐にでも騙された少年のような顔をしていたろう。

「どこかお行きになりたい場所が?」

「いや別にありませんが……」

それから、もし旅へ出かけるのなら、と考えたことが何度かあったが、このコロナ禍でもう十分救っていただけたというのが正直なところだった。

二枚の写真（巻頭および17ページ）はパリに住むM君が撮影したものだ。空港のロビーの写真は読書に没頭しているから当人は気付いていないが、二枚目の妙な構図の写真は、スペインのバルセロナのホテルアルツの私の宿泊した部屋の窓辺で懸命に撮影する彼の姿を記憶している。

――やはり、叶(かな)うとすればバルセロナへ行ってみたいかもしれない……。

断定しないのは、今ある幸運よりさらに望みを持ってはならぬと決めたからだ。

バルセロナで何を？　できればモンジュイックの丘を訪ね、ミロファウンデーション美術館に行き、〝ブルー〟と題されたミロの作品をゆっくり鑑賞すれば、これまでに気付かなかったことに気付くかもしれない。**質の良い絵画の鑑賞は、上質の小説を読むことと似ている**（人生で何度も読み直す、鑑する意らしい）。

私は高校生の時に出逢った先生と先生の夫人から三十五歳までに読んでおく本として世界の名著を横長の和紙に書いて渡された。トルストイの小説もあれば、シーザーのガリア戦記やマキャベリの『君主論』もあった。そのすべてをまだ読めてない（読書とはそういうものだろう）。

ミロは作品も好きだが、それ以上にこの画家とバルセロナという土地の関係である。

学業成績の悪かった若者、ミロはどうしても画家になりたかった。公証人か税務士になることをすすめる父の反対を押し切って、バルセロナの美術学校を受験する。絵画の試験は試験官が驚くほど酷(ひど)いものだったらしい。ほぼ落第という時に、当時の校長が「たしかに我ヶ校を受ける生徒の中では決して誉められた点数ではないが、この生徒の色遣いを見て欲しい。これはこの子にしかないものだ。この子の画家としての将来を見るのも、この学校の役割だとは思わんかね」。

バルセロナは旧土地名をカタルーニャと言う。そこの人々はカタランと呼ばれ地中海でも有数の農業立都市だった。同時に、芸術をこよなく愛する人々が長く暮らしていた。

ミロは美術学校卒業後、懸命に画業に励み二十世紀を代表する画家になるが、いつも彼の胸にはカタランの情熱があった。

私はこのミロの逸話が好きだし、学歴偏重主義ではない社会も好きだ。二十一世紀、学歴第一主義のアジアの国から芸術家はほとんど出ていない。

ミロは晩年、芸術家の名前を特別視すべきではない、むしろ美しい日常品（たとえば陶器）を作り続けている人々の無名性こそ誇りにすべきだ、と述べている。

少年時代から今も、学業成績の芳しくない私がバルセロナを好きなのも自分でうなずける。ミロは或る人に言った。

「私はカタラン語で、自分の名前を呼びかけられたい」

スペイン／モンセラット

Montserrat, Spain

路地は都市の顔である。
情緒のある路地が、
恋愛の場所を
提供してくれている

先月号で、二年振りにこの連載を執筆した。

忘れ去られているのではと懸念していたが、さにあらず大勢の読者から再開を祝する言葉、手紙を頂いた。有難いことである。本誌に載った近影を見て、元気そうですね、と誉められたが、いささか昔の写真で、だましているようでバツが悪い。

写真（18〜19ページ）もかなり古い、カフェのテーブルに一人座り、足元へ近寄って来た犬を撫でている。取材に同行してくれて、シャッターチャンスを常にうかがっているM氏の得意のショットだ。犬も初対面の男に撫でられ、機嫌が良さそうだが、私もかなり嬉しがっている。

写真を見る限り、おそらく場所はスペイン、バルセロナの旧市街地の一角にあるカフェの店先だ。

なぜ、旧市街か？　表の通りの道の狭さで推測できる。十八世紀後半、ヨーロッパの主要都市は競うように都市開発をした。その理由はパリ、ロンドンの代表都市が改造をはじめ、各都市がこれにならった。都市の建造物も競い合われた。だから今でも建築家志望の若者は、スペイン、フランスに取材へ行き、建築様式を学ぶらしい。

路地は都市の顔である。情緒のある路地がある都市はたいがい芸術が盛んだし、恋愛の場所を提供してくれている。パリを舞台の恋愛映画が多いのは絵になるからである。それに、『それでも恋するバルセロナ』という映画も近年流行したし、銀幕にひろがるバルセロナの路地は美しかった。

バルセロナとマドリードの路地にはどんなにちいさくとも名前が付いている。面白いのでは〝幻滅通り〟というのもある。こちらは娼婦街(しょうふがい)の中にある。どこにでもあるのは〝親不孝通り〟〝酔いどれ通り〟だ。

スコティッシュ系の犬と思われるが、飼い主はカウンターに立って、昼間っから一杯やっている。

スペイン人の昼休みは長時間で有名だ。二、三時間はざらである。その分、夜のはじまりが遅く、よく食べ、よく飲む。前菜用の〝バル〟なる店も通りに立ち並んでいる。

バルセロナへは妻を同伴した。私の旅としては珍しい。理由はスペイン人は大の〝奇跡好き〟で、国のあちこちに奇跡を起こす場所や由縁の地がある。有名なのは北の地の、サンティアゴ・デ・コンポステーラと呼ばれる街で、ここに聖ヤコブの棺が七世紀に流れ着き、以来何十万という人が、この街とヤコブに奇跡を起こしてもらうために〝巡礼の道〟を通い、歩き通した。くまなく歩けば一ヶ月から半年かかる。ホタテ貝のカラを胸にぶらさげ、ともかく歩き通す大変な旅だ。

私と妻が行ったのはバルセロナから車で一時間北へ行ったモンセラットという山と、そこの修道院にある〝黒いマリア〟である。

何を祈りに行ったたか。妻の両親の病気の恢復を祈ってのことだ。

ともかくスペイン中からそのマリアの下に人々が押し寄せる。私も妻もローソクを買い火を点して祈った。

効用はあったたか？

あったのである。医者の見立てより、数年多く生きて下さった。もう十分過ぎた。

もう一枚の写真（20ページ）でわかるとおり、モンセラットは奇岩が連なる険しい山である。ケーブルカーで頂上へ行けば、はるかピレネーの頂から、アルプス連峰も見渡せる。

スペインが日本人に人気なのは、ひとつは国民気質がきさくな点と、背丈がアジア人と並んでもまぎれる感じで異邦人に見えない。次に彼等は大のマリア信仰を持つ。イエスよりもマリアを慕う。日本で言う、観音信仰に近いかもしれない。しかも親孝行である。

国中に〝ハポン〟と呼ばれる町、土地があり、かつて日本人が暮らしていた歴史を持つ。

私は少年の頃から、父親に〝男子が食べ物についてとやかく口にするものではない〟と躾(しつけ)られ、母もそれに従い、〝わあ、美味(おい)しい〟などと声を上げれば、それだけで父に注意をされた。だから大人になっても、音無(おとな)しい食事を続けた(書いていて、不幸な半生だと思う)。

だから南スペインへ行き、初めて、生米(ナマゴメ)から調理したパエリアを口にし、——こんな美味しいものが世の中にあったのか、と驚いた。

その後、どの国へ行っても「パエリアはありませんか?」と口にするし、日本に戻っても家の中で、パエリア、パエリアと口にし、妻にひどく嫌がられた。

バルセロナの一角にピカソ美術館(ミュージアム)があり、彼の〝青の時代〟の名作が何点かあるが、興味深いのは、ここにピカソが幼少(四、五歳)の折に描いた鳩の絵があり、彼の十歳前後のマラガ時代に描いたデッサンも、大きな油彩作品と展示してある。

「よくここまで幼少の頃、まだ十歳前後でこれだけの作品が描けたものだ」とたいがいの人は感心し、近代の巨匠の本当の力量を見直す。

これは嘘のような話だが、関西の或る老舗の会社の跡継ぎが急に画家になると言い出し、皆をあわてさせ、親も周囲の人等もどういうわけか私に相談に来た。

「バルセロナのピカソ美術館に行って、ピカソの幼少、若い時の作品を見せなさい」

嘘のような話だが、跡継ぎはそこに立ち、ほどなく志望を変えたそうだ。

旅だから出逢えた言葉——I

フランス／パリ8区

8th arrondissement of Paris, France

だって、私たちは家族だもの

――パリのホテルのマネージャーS嬢

ここ数日は、七年振りに出かける海外旅行の準備に追われている。行き先はフランスとイタリアだが、主な取材先はイタリアである。しばらく休載していた美術館を巡る旅である。

休載せざるを得なかったのは、旅の出発までに、あと一週間になった三月の初旬、あの東日本大震災に我が家が見舞われたからである。

あの時、妻は二階で旅行の準備をしていた。

私は旅行に出かけている間にある小説、随筆の締切りの何週分かを書いていた。徹夜が続き、仮眠から覚めた午後、さあもうひと踏ん張りと庭に出てみると、昨日まで庭にやって来て、あんなに騒々しかった鳥たちの姿がまったく失せていた。

――おや、どうしたんだ?

奇妙に思いながらも、執筆には静かな方がいいので、これは少し楽だナ、と考えていた。

あとになって、あの激震を鳥たちはいち早く感知して、どこかに避難していたのだとわかった。

どれほどの被害であったかは何度か他の場所で書いたので詳細は省くが、家は半壊して、電気、ガス、水道のない生活が三ヶ月余り続いた。

電話も不通だった。ところが一本の電話がなぜか入り、つながると、相手はパリに住む友人のS嬢だった。

「伊集院、大丈夫なの?」

「ああ、私も家族も元気だ。心配してくれてありがとう」

「本当に大丈夫なの? 本当のことを言って」

「大丈夫だよ」

彼女はパリで津波で車と家屋が流される報道をテレビ画面で見ていたのだ。そうしてそれ以上に、福島の原発事故の報道を目にしていた。ヨーロッパでの原発事故の報道は、日本では公開が自粛された原発の建物の水素爆発のシーンが何度も映され、おそらくメルトダウンをしているとほぼ確信を持って伝えられていた。私もあとになって、その爆発シーンの映像を見たが、原爆のキノコ雲にとてもよく似ていた。

「私は元気だ。心配しなくていい」

すると彼女はこう続けた。

「すぐにこちらに来なさい。あなたとあなたの家族が暮らせる家もすべて用意するから」

私はS嬢の言葉に驚いた。彼女の言葉から今回の原発事故の報道に、海外と日本でかなり違いがあることが察知できたが、私は彼女に言った。

「心配してくれてありがとう。でも私と家族の年齢と日本の状況を考えると、これからすぐにそちらに移り住むことはできない。それに……」

「それに何？」

「私は小説家だ。今、日本で何が起こって、日本人が、これをどう対処し、乗り切ったかを記録することは、私の大事な仕事なんだ。私はそう信じている。何年先になるかはわからないけど、落着いたら、そちらへ行くよ。食事の予約をまた取っておいて下さい」

最後にそう言ったのは、S嬢は、一週間後に私がパリへ着き、宿泊する予定のホテルのマネージャーだったからだ。

今回の旅行で、彼女と私と妻で、彼女が新しくマネージャーになったホテルの三周年のお祝いのディナーをするはずだった。

S嬢は新しいホテルの場所選びから、内装、シェフをはじめとする従業員の選定をすべて委(まか)されて、ホテルは三年前にオープンしていた。

シャンゼリゼ通りから少し奥に入った場所にあるホテルDはヨーロッパのホテル業界の中でも話題になるほど素敵なちいさなホテルだった。

私とS嬢の出逢(であ)いは、そのホテルDから歩いて少しの場所にあった『ホテル・ド・ヴィニー』であった。バルザック通りに面したそのホテルが、彼女が初めてマネージャーとなったホテルだった。

三十数年前の冬、私はアフリカへ取材旅行をするために同じバルザック通りにあった『ホテル・バルザック』に一人で宿泊していた。そのホテルのむかい側に工事をしている場所があり、どうやらホテルを建設中だとわかった。少年の頃から工事を見るのが好きだった私は、或(あ)る午後、バーをこしらえている光景を眺めていると、突然、声をかけられた。

「こんにちは」

「やあ、こんにちは。バーができるのかい？」

「そう、ホテルのバーよ」

「ほう、ホテルのバーか、そりゃいい」

「今度ぜひ泊りに来て下さい」

「いつ完成するの？」

「あと三週間」

「ほう、なら私がパリに戻って来る頃だ。ぜひ宿泊しよう」

「本当に？　ならあなたがこのホテルの最初のゲストだわ」

「そりゃいい。予約をしよう」

彼女の手帳に、私は名前を書き、彼女はそれを写して、手製の予約カードをくれた。

アフリカから戻って、タクシーでバルザック通りにつけると、『ホテル・ド・ヴィニー』は完成していた。

それから私とS嬢との長いつき合いがはじまった。

ホテルをどう活用するかを教えてくれたのがS嬢だった。

彼女は以前、名門ホテルの『クリヨン』で働いており、女性として初めて客室のチーフとなるほど優秀だった。昭和天皇の裕仁陛下の世話をし、じきじきに記念品と感謝の言葉をいただいたと言う。

「いろんな国のロイヤルファミリーが見えたけど、エンペラー・ヒロヒトは最高の紳士で、やさしい方だったわ」

ヨーロッパを訪れる度に、私はパリへ寄って、彼女のホテルで数日を過ごした。昼間、バーの隅で読書をしていて、つい眠ってしまうと、いつのまにか私の膝元から胸にブランケットがかかっていた。ベルギーのホテルでトラブルがあった時、彼女に連絡すると、ホテル側と交渉し、素早く解決してくれた。

S嬢の実家はリヨンの近くにあるお城で、パリに来たその家族と食事をしたりした。

「どうして君は結婚をしないの?」

「仕事に夢中だったの。もう私の家族は、このホテルのゲストの人たちね」

そのS嬢が、今年の春、姉上と二人で日本を訪れた。それまでも日本でホテル業界の会合がある時、ヨーロッパの代表として訪日はしていたが、今回はバケーションだった。私は彼女たちのアテンドを娘に頼んで、東京での最後の日だけ食事をともにした。

「あの時、君にパリにすぐ来て欲しいと言われたことが、どんなに勇気になったか……」

と私はあらためて震災の折の電話の礼を言った。

すると彼女は少し照れながら答えた。

「だって私たちは家族ですもの」

そうして昔を懐かしむように続けた。

「ずいぶん昔のことだけど、私が初めて委されたホテルの、第一号のゲストのお蔭(かげ)で、私は今日まで仕事ができたと思っているわ。私はそれを一生忘れないもの」

そう言って、彼女は少女のように片目をつむった。

——それは俺たちは家族だもの。

と言いたかったが、それは言葉にしなかった。

スペイン／マラガ、マルベーリャ
Málaga & Marbella, Spain

日本、私はあなたとともにある

――セベ・バレステロス

目が覚めて、ホテルの部屋のカーテンを開けると地中海が秋の陽差(ひざ)しにかがやいていた。

ひさしぶりに眺める地中海である。

昨日まではこの海をバルセロナのホテルから見ていた。

すでに季節は晩秋だというのに海風は春の盛りのようにあたたかい。さすがにヨーロッパでも有数のリゾート地だけのことはある。

貨物船が沖合いをゆっくりと進んでいる。

そのむこうに青く霞(かす)んで映るのはアフリカ大陸だ。右手にジブラルタル海峡の象徴であるターリク山が見える。あそこだけがイギリス領である。大英帝国時代の名残りだ。

スペインのアンダルシア地方を訪ねた。

毎年、元日にテレビで放映するゴルフ番組の取材のためである。これまでスコットランドではセントアンドリュース、カーヌスティ、アメリカではマイアミ、ロスアンゼルス、ハワイを旅し、今回はスペインである。

スペインでゴルフを？　と思われるかもしれないが、スペインには千五百近くのゴルフコースがあり、特にアンダルシア地方には数多くコースがある。日本ではセベ・バレステロスがプロゴルファーとしては有名だ。

一昨日は、そのバレステロスに関わりのあるザ・サンロケ・クラブ・オールドコースをラウンドした。昨日はソトグランデ・ゴルフクラブ。バルセロナではエルプラット・ゴルフクラブでプレー。皆スペインでは名門のゴルフコースだ。

スペインのゴルフコースは古くからある。それはイギリス、スコットランドが近いからだ。たとえばイギリス、スコットランドの将校たちが駐留すると彼等（かれら）は必ず近くにゴルフコースを造った。

今日はバルデラマ・ゴルフクラブをラウンドする。

バルデラマ・ゴルフクラブが世界中のゴルフファンにその名を知られるようになったのは一九九七年にここで欧州本土で初めてライダーカップが開催され、ヨーロッパチームがアメリカチームに勝利した戦いが世界中にテレビ放映されたからである。

特に18番の415ヤード・パー4はグリーン手前が池になっており、グリーンを囲む池までの傾斜の芝がすべてカットされており、その上グリーンが池にむかって傾いている。あのタイガー・ウッズもピンそばにショットしてわずかにバックスピンしただけのボールが十数メートル転がって池に入った。

このライダーカップの折のヨーロッパチームのキャプテンがバレステロスだった。バレステロスはメジャー大会を五回優勝した世界が知る名ゴルファーだ。

彼は当時、圧倒的な強さを誇るアメリカチームに対して、ひとつの策を用意した。それはコースの距離を短くすることだった。

飛距離、つまりパワーが武器だったタイガー・ウッズをはじめとするアメリカチームはこの策略にまんまとはまってしまう。カップを我が子のように抱いてキスをしているバレステロスの笑顔の写真が世界中に発信された。彼がこの策を思いついたのは、それまでのかがやかしい戦歴のほとんどがアメリカとヨーロッパの強豪たちとの戦いの末に勝ち取ったものだったからだ。

セベ・バレステロスは一九五七年四月九日にスペインのカンタブリア・ペドレーニャで酪農家の男ばかりの兄弟の四番目の末っ子として誕生し、キャディのアルバイトをしていた兄に連れられ七歳の時にゴルフを初めて見た。こわれた3番アイアンのヘッドを手に入れ、そこに枯れ枝をつけて、小石をボールに見立てて遊んだという。明けても暮れてもクラブを握っていた。一九七四年、十六歳でプロになると、二年後の七六年には欧州ツアーで初優勝し、十九歳で欧州ツアーの賞金王になった。あのマスターズを十歳代で獲れる唯一の若手と言われた。日本でも日本オープンをツアー史上最年少で勝利している。二十二歳で全英オープンに優勝。メジャータイトル五勝。

日本にも彼の名前をつけたゴルフコースがいくつかある。それだけ日本人に愛された人であった。同時に彼が東洋の一国である日本をこよなく愛していることも度々報道された。ラウンドしてみると、やはりバルデラマ・ゴルフクラブは素晴らしかった。フロントナインを終え、バックナインに入った時、12番ホールでいきなり地中海が望めた。

その雲を見ていた時、ひとつの光景が浮かんだ。それは日本のゴルフトーナメントでバレステロスが子供にサインをしているシーンだった。はにかんだ子供の瞳と、それを見つめる彼のやさしいまなざしだった。

想像するに手製のクラブで小石を打っていた自分自身と日本の少年が重なったの

ではなかろうか。

——そうか、このコースは日本人が好きなセベが歩いたコースなのだ。

そう思うと気持ちが爽やかになった。

苦しい少年期を経てプロスポーツ選手になったプレイヤーの大半が実りのある日々を手にしている。そうして自分を育ててくれた人や土地に対する感謝の念を生涯忘れない。プロ選手の、しかも若い選手にとって甘い環境というものは百害あって一利ない。

去年の震災の五日後、彼はひとつのメッセージを日本にむけて送った。

「**日本、私はあなたとともにある**」

それから五十二日後、セベは永遠の眠りについた。

日本／東北の或る町

Tohoku Region, Japan

どこの子供でも、子供は皆の子供だから

今回の震災に私は仙台の仕事場で遭遇した。

やや離れた場所とはいえ震源地の観測がマグニチュード9を越えた地震は、生まれてこのかた経験したことのない大きな揺れだった。

それ以上に震災直後から東北地方の太平洋岸の町々を襲った津波の惨禍にはテレビに映し出された映像に目を被う(おお)ばかりだった。

津波が海岸に押し寄せた直後から、電気、水道、ガスはいっさい遮断された。午後から雪が舞う日であったから、陽が沈んでからの寒さは厳しかった。

ローソクの灯り(あか)の下で唯一の情報源であったラジオから刻々と入る被災の状況を聞いた。すぐ近くに無数の死体が打ち上げられていると聞いても何かをできる方法がなかった。

震災当夜から、何度も大きな余震に見舞われた。その度に家族と犬を連れて庭に出た。皆おびえていた。その折、ふと見上げた空の、満天の星空の美しいのに驚愕(きょうがく)した。

家人も星を仰いでつぶやいた。

「どうしてこんな時に、こんなに美しい星空がひろがってるの?」

私も同じ気持ちだった。

――誰かを見送っているのだろうか……。

私は何の気なしに思った。

備えを家族がよくしていてくれたので避難所に行かずに何とか暮らせた。それでも水、食料のない生活はやはり大変だった。

普段、そこに当り前のようにあるものが、突然、なくなると人間はそこで初めて有難味を痛感する。

灯りもそうだが、何より水に苦労した。

震災三日目にインターネット上に被災者からの声が届きはじめ、今、私たちに必要なものは
一が〝水〟。

二が、正確な情報。

三は、なんと〝歌〟であった。

〝歌〟と聞いて私は驚いた。

歌とは、一行の詩とも置き換えられる。

その要望に、インターネット上で〝上を向いて歩こう〟と子供たちのために〝アンパンマンのマーチ〟が流された。

子供がひさしぶりに笑ったそうだ。

津波は大きな被害と多くの悲話を残した。

避難をするようにと最後まで市の広報室からマイクにむかって叫んでいた若い女性職員。彼女のお蔭で大勢の人が助かった。

市中を拡声器を手に避難するように告げて回った消防署員。近所のお年寄りを助けようと津波の中に入って行った人々……。東北の人々の情愛の深さは昔から聞きおよんでいたが、ここまで勇気ある人が大勢いたことに感動した。

数日前、或るエピソードを聞いた。

それは海岸からほど近い場所にある歩道橋の上での話だった。

津波の襲来を知り、大勢の人が高所を探して逃げている時、そこにひとつの歩道橋があった。

そこしか高い場所はないと判断した人たちがその歩道橋の上に登った。

何人もの人で歩道橋の上は一杯になり、皆が身体を寄せ合うようにして眼下に音を立てて行く津波を見ていた。もう足元まで水の高さは来ている。皆が半分諦念しかけた時、

上昇し続けていた水位が止まった。

まさに奇跡のようなことであったのだろう。

――助かった……。

と誰もが思ったが、なんとそれからすぐに引くだろうと思っていた海水がいつまで経っても引かなかった。

大地震による海岸付近の地盤沈下や海底の隆起が水を海へ引き戻せなかったのだ。

地震は夕刻三時近くだった。それから津波の襲来。避難行動。たちまち周囲は薄暗くなり、陽が落ちて行った。救援はすぐに来なかった。それどころか、その歩道橋の上に大勢の人が集まり、身体を寄せ合っていることを知る人もなかった。

昼間、雪が舞っていたことでもわかるように東北地方は春を迎える折の最後の〝寒の戻し〟がやってきていた。それだけでも夜の寒さは厳しいのにすぐ足元まで一面の水がひろがっていた。その状況がどんなに極寒であるか想像がつかない。

皆が寒さに震えていた時、赤ん坊の泣き声がした。

——この中に赤ちゃんがいるのか……。

身体を動かすこともままならぬ中で母親が赤ん坊を抱いている。

——赤ん坊は大丈夫か、お母さん？

誰かそう言い出した人がいたのだろう。

身動きできない状況の中で大人たちは赤ん坊を寒さから守るために代るがわる自分たちの体温であたためてやったという。

聞いた話だから真偽のほどはわからない。しかし私は東北の人たちであれば、その話はあり得ると思った。そういう人たちなのである。

作家として語らせてもらえれば、大人たちはそれが当然のように言うだろう。

〝**どこの子供でも、子供は皆の子供だから**〟

だから私は東北の再生を信じているのだ。

フランス／コルシカ島、パリ

Corsica & Paris, France

女性が立ち上がった戦いは真の戦いになるものよ

――コルシカ島のホテルの女主人

十年近く前、フランスの皇帝、ナポレオン・ボナパルトの生きた軌跡を辿(たど)ってヨーロッパを旅した時があった。

ナポレオンを好きなのか、と訊(き)かれると、好きでも嫌いでもない。戦争好きの性格だけを見れば、とてもではないが好きになれない人物である。

ではどうしてナポレオンだったかと言うと、雑誌の企画で、ヨーロッパを巡る旅をしてみませんか、と提案があり、以前、南フランスで〝ナポレオンの道〟という標識を見たことがあった。それがナポレオンが歩んだ道だとわかり、面白そうだと思っていた。

「ナポレオンの道を巡ればヨーロッパの広範な地域を旅できますよ」と申し出ると、編集長も承諾してくれた。

地中海に浮かぶコルシカ島（彼の生誕の地）から最後の流刑地・大西洋の孤島、セント・ヘレナ島までを目指して旅をはじめた。

残念ながらセント・ヘレナ島にはスケジュールの関係で行くことがかなわなかったが、一年半余り興味深い旅をした。

旅のはじまりはナポレオンが生まれたコルシカ島だった。ほとんどが岩と低灌木(ていかんぼく)

（マキと呼ばれる）の島で猛女、マリア・レティチアの息子としてナポレオンは生まれた。父はコルシカ独立運動に身を投じ、ナポレオンが幼い時に一家は逃亡を余儀なくされる。この時、勇敢な母は子供たちを連れ、マキの茂みの中を逃げる。夜の寒さの中で母は子供たちを抱擁し見事に逃げ通す。しかしこの話の信憑性は少し怪しい。なにしろナポレオンはヨーロッパの中の英雄であり、彼に関する書物は二十万冊とも三十万冊とも言われ、しかもその中で史実に基づいた書物は一割にみたないと言われている。それが英雄伝説というものである。少年のナポレオンがブリエンヌ兵学校で雪合戦を指揮して勝利したという有名な逸話は何の根拠もない。それでも私は母子が潜伏した（これは事実らしい）低灌木、マキの茂みに入ってみたいと思った。

ポルティシオの街で宿泊したホテル〝Le Maquis〟の女主人に旅の目的を話すと、美しい銀髪の彼女は言った。

「それはぜひ行くべきだわ。苦難は人に勇気を与えるものよ。女性が立ち上がった戦いは真の戦いになるものよ」

ずいぶんと過激な話をする女主人だと思った。

翌朝、ホテルを早く出て山を目指した。

初夏であったが、山は靄が立ちこめて肌寒いほどだった。

――この寒さに子供を無事に守ったのならさぞ母親は辛かったろう。

やがて緑々としたマキが茂る場所に入ると、大人の背丈ほどの灌木には棘があり、危険この上なかった。マキの群生する中わずかに人が通れる山径があったが、足元は石ころだらけで転ぼうものなら身体が傷だらけになりそうだった。早々に引き揚げることにした。


生誕の地からはじまった旅は一年半余り、六度の渡欧となった。ナポレオンが通った兵学校のあった南フランス、陸軍で注目されるきっかけとなったトゥーロン港、有名なアルプス越えのイタリア、最後の戦いの地となったベルギーのワーテルロー、エジプト遠征の跡を訪ねたカイロ、その折に発見したロゼッタストーンが展示してある大英博物館のあるロンドン、パリでは皇帝として戴冠式を行なったノートルダム寺院をはじめとして皇妃ジョセフィーヌと過ごしたマルメゾン宮殿、今もナポレオンが眠るアンバリッド宮、ナポレオンが死んだ後で完成した凱旋門。ともかくパリは皇帝由縁（ゆかり）のもので今もあふれている。

ナポレオンの生涯はほとんどが戦争で明け暮れした。戦うことで、勝利することで地位を得て、皇帝にまでのぼり詰め、ヨーロッパの大半を征服した男は最後に大西洋の孤島でその生涯を終える。戦い続け、戦争に勝利することがすべてだった。だから当時のフランス国民から熱狂的に支持された。実際、彼が戦勝の代償として敗戦国から奪い、持ち帰った代償金、戦利品は厖大（ぼうだい）なものであり、フランスの財力、景気は前代未聞の高水準となった。

しかし旅をしていて、この戦争好きの人物に、私は半分嫌気がさした。そのせいもあって、私は一年半におよぶ雑誌の紀行連載をまとめる気分になれず、本として上梓（じょうし）していない。

戦争に関わっている時のナポレオンは辟易（へきえき）したが、戦地から妻、ジョセフィーヌに毎日のように送ったラブレターや自分の肖像画を見ていい顔に描かれていなかった絵画へ不満をもたらした逸話などは素直な一面があって愛嬌（あいきょう）を感じた。

この旅はいつもパリを起点としてくり返された。

一年半の旅の終りに、パリのホテルで雑誌を読んでいると、最初に訪ねたコルシカ島のポルティシオで宿泊したホテルの名前と美しい女主人の写真が目に止まった。ナチスドイツにパリが占領されていた時、レジスタンスとしてナチスに抵抗を続けた勇敢な人たちの中に〝マキ団〟と呼ばれる人がいて、その一員にあの女主人がいたことを知った。

「**女性が立ち上がった戦いは真の戦いになるものよ**」

彼女の言った言葉の奥底にあるものが、その時、初めてわかった。

戦争は愚行でしかないが、辛苦の時に人の生き方は試されるのだろう。ナポレオンの旅で得た妙な教訓だった。

フランス／コルシカ島、パリ

Corsica & Paris, France

パリは燃えているか

――アドルフ・ヒトラー

以前、この連載で、地中海に浮かぶコルシカ島で宿泊した宿〝ホテル・ド・マキ〟の女主人が、昔、第二次大戦の時、占領ナチス軍に抵抗し戦った有名な女性戦士であった逸話を紹介した。

コルシカ島を訪ねたのは二十一世紀になった前後だったから、取材をしていても大戦の名残りを語る人がまだ世間には大勢いた。

宿の女主人は言った。

「女性が立ち上がった戦いは真の戦いになるものよ」

戦後、彼女のことが新聞記事になった切り抜きも見せてもらった。

去年、パリに行った時、オルセー美術館のカフェーで対岸のルーヴルなどの古い建築物を眺めていた。

「これらの建物が今もこうして残っているのは、やはり奇跡だね」

すると隣りにいた若い日本人コーディネーターの女性が言った。

「知ってますよ。パリにいたレジスタンスの人たちがこの街をナチス軍から守って、それで心配して訊いたんでしょう。パリは燃えているかって。たしか映画にもなっていましたよね」

「少し違うけど、よく知ってるね」

「はい。私、京都出身で、京都の街が空爆に遭わなかったのもアメリカ軍が歴史的建築物が多くあるので街を壊さないようにした、と」

「ああ、そうなんだ。パリも京都も戦禍を免れることができたのはさまざまな人の苦労もあったが、その時の事情をあとで知ると、パリと京都が残ったのは奇跡だと思うよ。君が今しがた言った〝**パリは燃えているか**〟と言ったのは、あのヒトラーだよ。電話ではなく電報に打たれた言葉だ。相手はヒトラーがパリ破壊のためにわざわざさしむけたコルティッツ将軍だ。しかもその電報はパリのレジスタンスの人々で回線が寸断されていたから実際には届かなかったんだ」

「電報が届かなかったおかげなんですね」

「いや、そうじゃなくて電報が打たれたのは連合軍がパリ進入の時だから、そのコルティッツにパリを破壊する気がなかったんだよ」

一人の軍人のおかげでパリは救われたように聞こえるが、これもさまざまな要素が重なってそうなったと考える方がよかろう。

一九四四年八月七日、ディートリッヒ・フォン・コルティッツ将軍はヒトラーに呼ばれた。彼は以前、この総統に一度逢っていたが、その時の印象は楽天的で明るい人物だと思った。ところがその日、目の前にいた人物はまったくの別人だった。十八日前、ヒトラー暗殺計画が実行されたが、彼は奇跡的に助かっていた。直後からヒトラーの報復と周囲の者に対する懐疑には凄(すさ)まじいものがあった。その最中に、職業軍人のコルティッツは面会した。

彼は回顧録の中で語っている。〈いろいろ戦況のことを話した後、話が暗殺事件に及ぶとヒトラーは逆上してわめきたてた〉

～もう疑いようもない。私の目の前にいるのは狂人だった～

彼がヒトラーに呼ばれたのはロッテルダム、セバストポリの友軍退却のための焦土作戦に従軍していたからだった。ワルシャワの二十七万人の死者を出した焦土作戦も彼の仕事と噂(うわさ)されたが、実際は何ひとつ関わっていなかった。

連合軍がノルマンディー上陸作戦に成功し、パリにむかって進軍しはじめた時、コルティッツはこのヨーロッパが誇る街を廃墟(はいきょ)とするための軍隊の数も爆弾も足りないし、むしろ自分の部下たちの生存をおもんぱかった。

連合軍が近づいているのを知ったレジスタンスたちが急激な抵抗をはじめると責任者を呼んで、無駄な戦いをしないように話し合い、ドイツ軍の中で単独にパリの橋に爆薬を仕掛けはじめた工作隊に、それをすぐ中止にするように命令した。

連合軍に加わっていたド・ゴール将軍もパリ市内に主力の師団を入れないようにアイゼンハワー司令官に要請し、主力師団はふたてに分かれてパリを回り込むようにしてドイツ本土にむかう作戦を立てた。

パリは愛されていたのである。

コルティッツも回顧録にこう記している。

〜私は最初から誠実な軍人として可能な限り、私の権限が及ぶ限り、住民とパリという優美な都市を苛酷な目に遭わすまいと決意していた〜

この時期にパリ占領軍の司令官がコルティッツであったことはパリにとって幸運であったのだろう。

旅をしていて、美しい都市というものはそれ自体が不思議な力を持っていると感じることがある。パリも京都もまさにその典型ではなかろうか。

イタリア／ボローニャ

Bologna, Italy

この人たちは、私たちの誇りです

——ボローニャの女性

ヨーロッパの古い街の、それも石畳の径を歩いていると、奇妙な感慨を抱くことがある。それはたとえば、この石畳ができたばかりの時代、どんな人が、どんな思いを抱いて、この径を歩いていたのだろうか、とか、王の行列がどんな様相をして城へむかい、民衆はどんな表情をして、その行列を眺めていたのだろうか、ということだったりする。

と同時に、何人の旅人が訪れた街で、何を感じていたのだろうか、ということである。

その午後、夕食前に一人で旧市街を歩き出した私は、市庁舎のある建物へむかいながら、そこに夕空にむかってそびえる塔を眺めた。

〝アシネッリの塔〟である。中世、王や豪商が、その権勢を誇るように建てた塔で、全盛期は二十以上の塔があった。

ボローニャの街を訪れた。

旅の目的は、この街に、私の好きな画家の美術館があるからである。

ジョルジョ・モランディ。二十世紀を代表するイタリアの画家である。あの静かな、沈黙しているかのような静物画を目にした人も多いかと思う。

モランディは一八九〇年にボローニャに生まれ、その生涯のほとんどをボローニャと、この街の近郊にあるアペニン山の麓のグリッツァーナの村にあった別荘で過ごした。

一九六四年、七十三歳で亡くなるまで独身で過ごし、彼の三人の妹たちに助けられながら、晩年まで創作活動を続けた。

晩年の作品のほとんどが、静物画である。しかもその作品は、彼のアトリエにある花瓶であったり、水差しであったり、缶である。たまに彼が子供の頃から大切にしていた玩具が加わるが、モランディの作品を愛する人々の声を聞くと、こうである。

「彼のアトリエにあった壜（びん）、缶、器を描いているのだけど、ちょっとした配置の変化で、言葉を持たない物が、何かを語っている気がして来るのです。静謐（せいひつ）な時間の中には必ず遠くからささやく声、言葉が聞こえます」

静謐とは、静かでおだやかなことを表現する日本語だが、この画家の世界を言いあらわすのに、まことに的を射ているように思う。

私は、遠くにある権力の象徴である塔を見ながら、その日の正午に鑑賞したモランディの作品を思っていた。

――モランディは何を見ていたのだろうか？

私は絵画鑑賞をする時、いつもこの命題を考えてみる。たとえその対象となる画家が、四百年前のルネサンスの画家であってもである。後世（現代）まで作品が生き続け、私たちの目に触れることができるのは、勿論（もちろん）、作品の運の良さもあるが、やはり一番は、その作品の真価を人々が認め、この作品を長く世の中に残したいと願うからだと、私は思っている。

鑑賞した人が、ひとつの作品に何かの価値を見つけるためには、その作品を一目見た時、こころを揺さぶられるものがあるからであろう。たとえ無名の画家の作品であっても、それは同じである。ではその感動はどこから来るのかと考えると、その作品を描いた時間（何百年前であっても）に創作する者が抱いていた感情、さらに言えば見ていたもの、見ようとしていたもの、探していたものが関わるのだと思う。

モランディの生きた時間には、大きな戦争があった。

第二次世界大戦である。当時、イタリアの工業部門で一、二の生産量を誇っていたボローニャに戦争の嵐の風が吹かないわけはなかった。

塔の手前を右に折れ、市庁舎にむかった。

そこで私は足を止めた。

――あれは何だろう？

市庁舎の壁に、何百という数の人の写真が掛けてあったのである。近づいてみると、それぞれの写真には名前も刻まれ、老人から幼い子供のものまであった。

私は通りすがりの女性に訊いた。

「この壁の写真は何ですか？」

「これは第二次大戦で犠牲になった人たちの写真です。この人たちはボローニャの誇りです」

――誇り？　何のことだ。

それは第二次大戦の末期、ムッソリーニ率いるファシスト政権に抵抗し、亡くなった人たちであった。

一九四三年七月、連合軍のシチリア上陸作戦の成功で、ムッソリーニ政権は極めて不利になり、ファシスト党はムッソリーニを逮捕監禁し、新政権を成立させたが、ヒトラーは盟友ムッソリーニを救出すべくイタリアに進軍し、アペニン山脈の山塊グラン・サッソに監禁されていたムッソリーニをグライダーで降下、ヘリで救出し、ムッソリーニを首班とする〝イタリア社会共和国〟を樹立した。事実上ナチスの支配下におかれたイタリアは、民衆が武器を持ち、山や街の地下に潜んで激しい抵抗運動をはじめた。有名なイタリアのパルチザン運動である。この抵抗をおさえるためにナチスドイツが行なった行動が、ドイツ兵が一人殺されるたびに、市民の中から無作為に選び出した老若男女の十人を報復として銃殺するという残忍なものだった。

その当時銃殺された二千五十二人の写真が、市庁舎の前に掛けられていたのである。なぜ市庁舎の前かと言うと、ここで銃殺が行なわれたからで、この場所を人々は〝レジスタンスの安らぎの場所〟と名づけていた。

それを知った私は足元の石畳を見つめた。

——この石畳に夥(おびただ)しい血が流れていたのか……。

そう思うと、切ないこころもちになった。

モランディの書簡にも、当時のことが書かれている。

――この哀れなイタリアに少しばかりの平静がいずれ戻って来ることを期待しましょう。それを必要としているのですから……（一九四三年八月）

――私たちは全員無事でした。恐るべきことでした。爆弾はほとんど私たちの家まで届くほどの勢いでした……（一九四三年十一月）

戦火の下でも、モランディは創作を続けていた。

世の中は平和が続くと、必ずファシズムが台頭して来る。それは世の慣いのごとくである。私が独裁、戦争を嫌うのは、あの市庁舎の前に並ばされた人々と、それを見守る家族の姿を思うからである。

安らぎの場所で、私に写真の説明をしてくれた女性の表情と言葉は、今回の旅で大切にしなくてはならぬことだった。

「**この人たちは、私たちの誇りです**」

フランス／パリ、中国／上海

Paris, France & Shanghai, China

あなたと私は、遠い所で同じものを見ていた気がします

――パリに住む中国人女性

パリの六区、シテ島に近い橋ポン・ヌフから少し歩いた場所に、その店はあった。

――こんな可愛い店があるのだ……。

と最初は訪れた時、店の雰囲気の可憐さに思わず口元をゆるめた。

十数年前の秋の終りのことだった。

店の棚に陳列してある茶器に私は見惚れていた。

こんにちは、とコーディネーターの女性の嬉しそうな声がして奥から美しい女性があらわれた。中国の女性と一目でわかる楚楚とした令夫人のたたずまいに目を奪われた。

彼女は私の顔を見ると、一瞬、目をしばたたかせ、もう一度たしかめるように私を見ていた。その頃、私は旅先で中国の人に逢うと（大半は香港の人だが）誰かの顔に似ているのか、いきなり声を上げられ身体をさわられたりした。それが香港の喜劇俳優と間違えられているのがわかったのはずいぶん後のことだった。当時かけていた眼鏡のせいもあったようだ。コーディネーターの女性が私を紹介し、私が挨拶し名前を告げると彼女も名前を口にした。

シャン・ジェン、と響きの良い名前だった。

私はいきなり咳をした。咳が止まらなかった。私は風邪を引いていた。この店を訪ねたのは疲労快復と、もしあるのなら風邪に効く茶が何かないかという目的もあった。私は薬をほとんど飲まない。熱が出たり、体調がおかしくなると部屋を暗くしてひたすら横になり快復を待つ。それでやってこられた。しかしその時は無理な海外取材のスケジュールを入れたせいかすぐに快復しなかった。

体調を告げると彼女は私の手のひらを広げるように言い、それを診て、店の棚に並んだ何十種類もの中から茶筒のひとつを出し、これを朝、晩に飲むように言い、梔子を出してきて茶の中に入れるように説明した。

二日後、私の身体は元気になった。

スペインの取材を終え、パリに戻ると彼女に礼を言いに行った。彼女も嬉しそうに笑っていた。

〝金生麗水〟というその店は茶の販売が主であったが店の奥に数席のテーブルがあり、茶を飲ませ簡単な昼食を出していた。家庭料理であるが、これが美味であった。

以来、パリに行く度、この店に行ってしばし茶を飲み彼女と語るのが私の愉しみになった。

彼女、向真（シャンジェン）は教養があり、中国の歴史、宋画、詩歌、書画にも詳しかった。或る時、彼女が私の名前の漢字を書いて欲しいと言い、私は持っていた萬年筆で父の姓の韓国名を書いて渡した。趙忠来である。彼女はそれを見て目を丸くし、祖父は中国なのかと尋ねた。ルーツはわからないと応えると、きっとそうだと言う。韓国の南方にはある名前だと言ったが首を横に振る。

同時に、その文字はどこかで教わったのかと訊いてきた。母から子供の時に習ったと応えると、とても良い文字だと言い、私を店の外に連れ出して看板の文字を指さした。

流麗な文字だった。

「王羲之（おうぎし）に似てるね」

その頃、私は書を独学で勉強していた。

私の言葉に彼女は目をかがやかせ、

「この字は実は〝千字文〟の王羲之の書から私が真似（まね）て書いたの」

少女のように悪戯（いたずら）そうに笑った。

彼女から日本の私の家に、唐怀素（とうかいそ）（中国の有名な書家）の〝自叙帖〟と〝千字文〟の二冊が届いたのは一年後のことだった。美しい書帖であった。私の好みの書形、筆致だった。嬉しかった。有難いことだと思った。その書帖を見ながら書を練習する度に彼女のことを思い出した。

この十一月、二年振りに私は店を訪ね、茶を飲みながら話をした。

彼女が珍しく生い立ちを語った。少女の頃、一家で上海の近くから香港まで歩いて逃亡したことや、家族がカナダや台湾にいることを静かに話してくれた。私も父と母の話を少しした。話題が書の話になり、王羲之の書や颜真卿（がんしんけい）、怀素、趙孟頫（ちょうもうふ）と熱く語り合った。

「千年、二千年が過ぎても書はその時の情熱が伝わってくるのね」

「それは絵画も同じだ」

「東洋人に生まれたことを誇りに思うわ」

「私も同じだよ」

話題が途切れた時、彼女はぽつりと言った。

「あなたと私は、きっと遠い所で同じものを見ていた気がします。人は皆そうだと思う」

「……」

私は何と応えてよいのかわからず笑っていた。すると彼女は私の顔が、自分が少女の頃に知っていた人ととてもよく似ていて、最初に逢った時に驚いたと話した。

「それは香港の喜劇俳優ではないの」

と私が笑うと、彼女は大きく首を横に振り「もっとちゃんとした人だ」と真剣な目をして言った。

私は上海に住んでいた頃の向真の少女の姿を思い浮かべた。

あなたたちに主の御加護がありますように

——教皇

旅は、日常（普段の日々）と違う場所へ行くことだけで、どこか気持ちが高揚するものである。普段の日々が仕事や、子育て、家事で追われてしまっている人にとっては、のんびりできておだやかな時間を提供してくれる。

人は違った場所に身を置いただけで、それまでとは違う自分を見つけたり、忘れていた自分らしさを取り戻せるのかもしれない。こころが落着かなくなった人へ、医師が転地療法をすすめるのも、そんな人の微妙なこころの動きをわかっているからだろう。

その日、訪れた場所は、私のことより、半分は仙台の家族のために訪問した。そうしてそこは大半の人々にとって、死ぬまでに一度は訪れたい場所であった。

イタリア、ローマ、ヴァチカン市国を訪れた。

キリスト教徒にとって、ヴァチカンは彼等が信奉するもののすべて、総本山である。ここにはキリスト教徒の最高位である教皇が住んで、世界中の信徒のために暮らしている。

年間数百万人の信徒がここを訪れる。

実はヴァチカンへの旅は、六年前に行くはずであった。信仰心の篤い家人（妻のこと）が誰よりも楽しみにしていた。少女の時から主イエスと過ごして来たのだから無理もない。それ以前の旅でも、当時の教皇であったパウロ二世の生まれ故郷であるポーランドの、古都クラクフへ彼女の希望で訪れたことがあった。我が家の壁には、パウロ二世、マザー・テレサの御影が掛かっている。その旅を楽しみにしていた春、出発まであと十日に迫った午後、我が家を東日本大震災が襲った。

朝からひどく暑い日であった。数日前からヨーロッパは猛暑になっていた。初めて訪れるヴァチカンの通りを車窓から眺めると、まるで大きな行列が行進するために造られたように道幅がひろかった。

サン・ピエトロ寺院のドームが見えた。

まずは今回の取材目的であるヴァチカン美術館にあるミケランジェロの初期の素晴らしい作品である『サン・ピエトロのピエタ』を鑑賞しなくてはならない。ルネサンスの時代、彗星（すいせい）のごとくあらわれたミケランジェロの出世作で、今も鑑賞者に感銘を与える彫刻作品だ。

大きなガラスケースにおさめられているものの、ルネッサンス期のみならず、世界で一番若くて美しいマリアが両膝の上の我が子、イエスの遺骸を見つめている。

完成直後、マリアが若過ぎるとかイエスの身体が筋肉質に作られ違和感があると注文主（教会）から文句が出たという。しかしこの像を見た大衆はこぞって称讃した。それはそうだ。誰だって美しい方が良いに決っている。

像を見学した後は、長い廊下を歩いてシスティーナ礼拝堂へむかう。その礼拝堂の天井と壁面に同じミケランジェロの大作があるからだ。狭くて長い廊下を千人以上の参拝者、見学者と歩くのだが、クーラーなどなく古い建物は立っているだけで、真夏の暑さと多勢の人いきれで、たちまち衣服の下は汗まみれになった。倒れそうだった。

——かつて迫害を受けたキリスト教徒に比べれば、こんなものは……。

と私は自分に言い聞かせた。

妙なことを口走る、と思われようが、二年半前、私は東京の或る印刷会社が催した『ヴァチカン教皇庁図書館展Ⅱ』を見学し、そこで四百年前に日本のキリスト教徒が教皇に宛てた感謝状を見ていたからだった。

それは美しい金泥で装われた和紙に墨文字で、教皇への感謝がラテン語と日本語で書かれた手紙で、墨文字でしたためられたそれぞれの信者の名前が連なっていた。

一六二一年（元和七年）の手紙で、徳川家康が江戸幕府を開き、キリシタン禁止令を出し、キリシタンを厳しく処罰していた時代だから、彼等はすべて〝隠れキリシタン〟である。大名の名前はない。商人と農民たちである。私が展覧会でその手紙を見て感心したのは、まず和紙の美しさ、おそらく当時の技術力でも最高のものを手に入れ、そこにきちんとした楷書でそれぞれが名前をしたためている文化、教養の高さであった。ラテン語は当時、潜伏していた外国人宣教師の手によるものだろうが、それでも敬愛、敬意する人への礼儀としての教養が備わっていたのだ。

この感謝の手紙はおそらく島原の乱や、それに続く厳しい迫害が起こっていた時代の、日本のキリスト教徒の現状を宣教師から聞きおよんだ教皇が、彼等に自筆の手紙を送ったことの礼状であろう。

宗教は信者に己の救済や、社会の惨状に手を差しのべる面があるが、同時に信徒が信じ、敬う人への礼節、品性を養う面を持っているのも事実である。

その手紙にこうあった。

〜阿保須登理賀（アポストリカ）様。**貴殿が、私共に主・イエスさまの御加護があります、**と綴（つづ）られたことに感激し身体を震わせております〜（アポストリカとは教皇のこ

とである）

さらに感心するのは遥か遠いイタリアからちいさな日本という国の信者へ教皇が自ら書状を出し、彼等を救済しようとした姿勢と、その文書が確実に彼等の下に届き、礼状もまた教皇の下に届いたことだ。教皇庁図書館には、そのような貴重なものが長く保存されてあるという。日本人には耳の痛い話だろうが、当時の迫害の記録と拷問に使われた道具までが資料として保存されてある。

歴史の推移の中の出来事とは言え、安土桃山、江戸、明治期、日本におけるキリシタンの弾圧は目に余るものがあった。

システィーナ礼拝堂は部屋の天井にむかって人の熱気が湯気となって昇り、放送で〝静かにしなさい〟とくり返されるのだが、その時、半分いた中国人をはじめとするアジア人の観光客はまったく聞く耳を持たなかった。恥かしいと思った。

サン・ピエトロ寺院の本堂で、家人に言われたように、去年亡くなった愛犬の礼を言い、館内の売店ではロザリオや御影を両手一杯に買い、シスターから「商売でもなさるの？」と訊かれ、赤面した。

夕刻、食事の席で、サン・ピエトロ寺院の天井の窓から差す一条の光の美しさを思い出し、あの場所へは私より家人が行くことができたら、さぞ喜んだろうと思った。
　人生の後半での旅は、今行こうと思えば行ける時に、思い切って行くべきなのだろう。

イタリア／フィレンツェ
Firenze, Italy

ナポリの息子よ
いったい　なにがきみを
ロシアの戦場へおもむかせたのか？

――ロシアの詩人、ミハイル・スヴェトロフ今年、日本が梅雨に入ろうかという時期、フランス・イタリアへ短い旅に出た。旅と言ってもテレビの番組での取材で、これまで私が鑑賞して来た絵画、彫刻などの美術の記憶を話すもので、アシストしてくれる共演者もいなくて、少し厄介なものだった。

それでも普段は大勢の見学者の中で、作品を鑑賞しているか、見学者を眺めているのかわからないような、ここ数年のヨーロッパの異常に混雑した美術館での鑑賞と違い、短い時間ではあったが、一人きりでいくつかの名作を鑑賞できたのは有難かった。

今年が丁度、ルネッサンスの巨匠、レオナルド・ダ・ヴィンチ没後五百年目にあたるということで、ダ・ヴィンチを中心にルネッサンスを語るという企画だった。勿論、私は美術を専門としていないから、私なりの作品の印象、ルネッサンスという芸術隆盛の時代への感想を語るしかなかった。

台本もないに等しかったので、難しい撮影だった。

それでも撮影の合い間に以前訪ねた教会や、歩いた通りを一人で散策した。

人の記憶というものはたいしたもので、混雑した大通りの喧騒(けんそう)に疲れ、人通りの少ない路地に足をむけると、十年前も同じような思いで、この路地に入った気がした。フィレンツェのドゥオーモから近い場所にある路地だ。歩いて行くと、やはりあった。

文房具店と呼んでいいのかわからないが、そのちいさな店は便箋、ポストカード、ペン先、額縁、ロザリオなどを売っており、店のオリジナルのさまざまな色の糸で編んだ刺繡織りが便箋の表紙や額縁に貼り付けてあった。ちいさな店に不似合いの大きな体軀の主人も十年前と同じだった。

「もしかして以前もここに見えましたか？」

主人が言った。

「来ました。それも同じ日に二度も」

「やはりそうだ。あの時の日本の人ですね」

「あの時は迷惑をかけました。親切にしてくれてありがとう」

十年前の旅で偶然入ったこの店で、私はいくつかの買物をした。普段、買物をしない私にとっては珍しいことだった。その旅が終って帰国すると、義母の三回忌の法要があり、家人から、「ロザリオと犬たちの写真を入れる写真立てがあれば買って来て欲しい」と言われていた。「時間があればそうしよう」

買物が好きでない理由のひとつに、自分の性格が優柔不断というか、どれを選んでいいのか迷ってしまう。それで最後に怒り出してしまう自分がいた。その日も一時間もかけて買物をしたのだが、ホテルに戻り何かを買い忘れている気がして国際電話をした。「写真立ては買って下さいました？」

そうか写真立てか。私は夕食前に急ぎ足で店にむかった。写真立てを買い、皆と約束していたレストランへ行き、夕食でいつもより多くワイン、グラッパを飲んだ。ホテルに戻って、明日の出発の準備をしていると電話が鳴った。知らぬ人だが、お互い拙（つたな）い英語で話していたら、相手が、あの店の主人とわかった。レストランに忘れた写真立ての入った紙袋が彼の元に届いているというのだ。私も紙袋がないことに気付き、今から取りに行けるかと訊くと、もう自宅で明日、店に来てくれと言う。出発が早いと言うと、かまわないと言われた。駅へむかう途中で立ち寄ると主人は店の前に立っていた。礼を言い、汽車に乗った。

よくこう言う人がいる。「イタリアは泥棒やひったくりが多いから注意した方がいい」

私にとってイタリア人は親切な人たちだという印象になった。

フィレンツェからミラノにむかって北上する電車の中で写真立てを見直し、店の主人の笑顔を思い浮かべた。今も我が家の家人の祭壇のそばに義母と家人の写真と、亡くなったお兄チャンの犬の写真が入っている。

十年前、ミラノ駅に着いた時、奇妙な気持ちがした。それは駅舎の屋根を支える大きな鉄柱で、どこかで同じ風景を見た気がした。しかし、その十年前はミラノ駅に降り立ったのは初めてのことだった。二年前もミラノ駅のプラットホームで同じ気持ちになった。

それが今回、ミラノ駅からトリノへ行く電車の中で理由がわかった。

車窓から珍しいものが見えた。稲田であった。田植えを済ませた水田がひろがっていた。

「あれは田植えを終えた水田じゃないの？」

私が言うとかたわらにいたコーディネーターの女性が「そうなんです。この辺り一帯はイタリアでも上質のお米を収穫する田園地帯なんです。美味しいお米です」

――そうか、リゾットもあるし、イタリア料理は米をよく使うのか。

水田を見るのが好きでしばらく眺めていると、突然、車窓全体が黄色になり、ひまわりの畑があらわれた。その途端に、或る情景があらわれた。

——ああ、もしかして……。

「あの、古いイタリア映画で『ひまわり』という題の映画をご存知ですか?」

「はい。私、あの映画大好きです。ソフィア・ローレンとマルチェロ・マストロヤンニ、それにロシアの若い女優さん」

「リュドミラ・サベーリエワです。『戦争と平和』で主役を演じた」

「美しい娘さんでしたよね」

「もしかして、あの映画に登場する駅はミラノ駅ではないんですか」

「そうですよ。ミラノ駅です」

——やはりそうか……。

イタリア映画『ひまわり』は日本でも大勢の人を魅了した。スクリーン一杯にひろがるウクライナで撮影されたひまわり畑の美しさとくり返し流れるテーマ曲が印象的な作品で、作曲家ヘンリー・マンシーニの名曲だった。物語は第二次世界大戦でロシアに出征した夫を待つ妻が、戦争が終っても帰って来ない夫がどこかで生きてるはずだと探し続け、ロシアで切ない再会をし、最後は別々に生きて行かねばならないという戦争に翻弄される男と女の物語だ。

私はこの映画を二度観た。最初は帰省していた生家のある町の映画館だった。幼な友達の妹に連れられ三人で観た。二度目は十数年後、東京、渋谷にあったパンテオンという名作映画を再上映する館で観た。どちらも女性が隣りにいた。そうして、二人とも泣いていた。ラストシーンの主人公たちが別れるシーンだった。どちらの女性も今はこの世にいない。偶然だが二人とも同じ病気だった。彼女たちは若く美しかった。マンシーニの曲が耳に入る度、ひまわりが咲く風景を見る度、二人の横顔がよみがえる。奇妙なことだが、海外を旅していると遠い記憶がよみがえることが多い。

映画の中で主人公の男が雪原で死にかけていたのを若いロシア娘が懸命に救い出すシーンがある。スターリングラードの大攻防戦のあった場所だ。ここに記念碑が建っていて、そこにロシアの詩人、ミハイル・スヴェトロフの詩が刻まれている。

〝ナポリの息子よ　いったい　なにがきみをロシアの戦場へおもむかせたのか?

ふるさとの青い海岸できみはしあわせではなかったのか?〟

(『ひまわり』チェーザレ・ザバッティーニ著 一瀬宏訳 1974年 講談社刊より)

兵士の胸の中にはいつも故郷の風景がある、という言葉は真実のようだ。

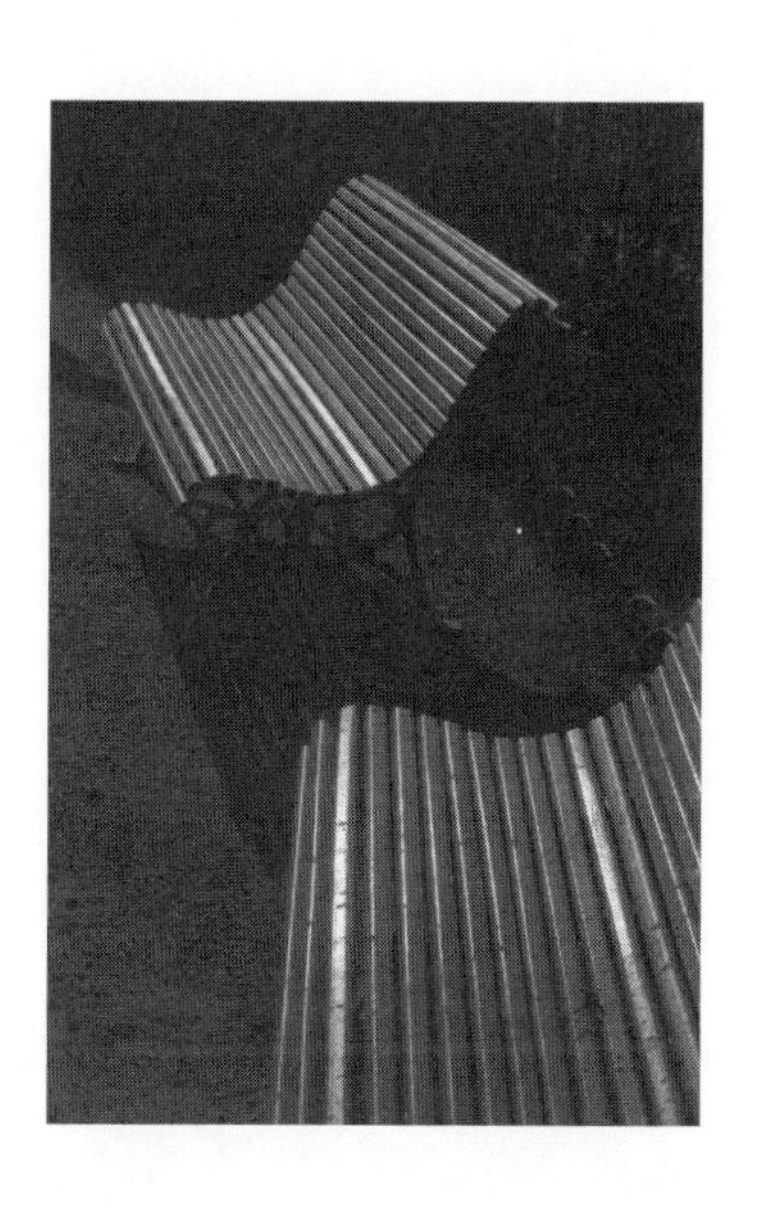

パリの空の下、セーヌは流れる

――詩人

パリの空の下セーヌは流れる、と謳(うた)われるように、セーヌ河はパリの街並の一方の主役である。

世界を代表する都市には、その都市の保護者のように情緒にあふれた河がある。ロンドンにテームズ河、上海には黄浦江(こうほこう)、東京にも隅田川がある。

これは偶然ではなく、川の流れていた場所に人々が住みつき、都市をこしらえたからである。十八世紀までは水路が人と物を運ぶのに最大の効力を持っていたからだ。

かつて一九四〇年頃パリはフランスの中でも有数な港であった。港の大きさで言えば、一位のストラスブール、次いでマルセイユの海港が名を連ねるが、三位から五位はすべてセーヌ河にある港である。ル・アーヴル、ルーアン、そしてパリだ。

私が初めてパリを訪れた四十数年前には、セーヌを往来する船が数多く見られた。船着き場も残っていた。

それぞれの船着き場には、パリに降ろす荷の区分けがしてあり、木材を陸揚げする港、米、小麦の港、野菜や果実の港、サケ、ニシン、カキの海産物の港……と分れていたようである。そうして、その港、市場で働く人たちの中には、船上で生活する人たちもまだ見かけられた。

古いスケッチなどを見ると、シテ島などには百人近い洗濯する女が水辺に並んで賑(にぎ)やかに笑っている姿が描かれている。

今と違ってセーヌ河の水は綺麗(きれい)だったのだろう。その証拠にセーヌ河の漁業権からの王の収入がかなりのものであったらしいから、魚も多く棲(す)んでいた。サケも遡(さかのぼ)って来ていたらしい。セーヌ河から揚がった体長二メートルあるチョウザメを漁師組合がルイ十五世に贈った記録もある。

今でも川岸を歩いていると、老人や少年が釣り糸を垂らしている風景を見ることがある。一度少年のバケツの中を覗(のぞ)くと、小指ほどの大きさの魚が入っていた。

二十世紀の上流地帯の化学工業の発達が、この河の水を汚染し、パリの漁師たちは姿を消した。

最近はパリに滞在しても、ゆっくり街を散策することもかなわないのが残念であるが、それでも東の窓から、早朝、夕暮れの川の風景を眺めていると、友人やいとおしい人、また一人で、この川の気配をいつもそばに感じて過ごしていた時間がなつかしく思い出される。旅人の私にして、このような気持ちになるのだから、パリの人、川岸に暮らす人たちにとって、この川へのいとおしさはどれほどであろうか。

私がセーヌ河の船上生活者のことを知るきっかけになったのは一本の古い映画作品を観たことだった。

映画のタイトルは『アタラント号』。

一九三四年の作品と言うのだから、かなり古い映画である。時代で言えば、無声映画からほぼトーキーに移行した頃である。

監督はジャン・ヴィゴ。二十七歳でこの映画の製作をはじめた。『アタラント号』の撮影終了直後、ジャン・ヴィゴは病気を患った。敗血症であった。当時は死に至る病いと言われていた。編集を重ね、フィルムの手直しを自らの手で行ない完成を目指そうとしたが、二十九歳の若さで亡くなった。初めで、最後の長編映画は、映画会社が音楽も流行していた曲を付け、タイトルも『流れゆく艀（はしけ）』と改変させられ、興行も失敗に終った。しかし映画製作者の間で、ジャン・ヴィゴの初期の短編映画『新学期操行ゼロ』（上映禁止になった）とともに『アタラント号』は幻の作品として語り継がれていた。

フランソワ・トリュフォー、エミール・クストリッツァなどが、彼の作品を絶賛し、フィルムの存在がことあるごとに話題になっていたが、杳として原フィルムは見つからなかった。

ところが一九八九年にネガが発見され、映画製作者の努力で、最も原型に近い復元版が完成し、一九九〇年のカンヌ映画祭で上映された。

私がこの作品を観たのも、この年だった。

主人公は運河を往来する運搬船の若き船長と新妻である。冒頭のシーンは二人のささやかな結婚式からはじまり、船上での新生活がはじまる。船は二人の新婚旅行先のパリにむかう。都に憧れる若い妻、気をもむ若い夫。物語はシンプルで、少し喧嘩もあったりで最後はハッピーエンドに終る。

ただ私はこの映画で、船で暮らすとはこういうことなのか、と感心したシーンがあった。それはこの船（アタラント号）に乗っている老水夫（ミシェル・シモンという怪優と言われる名役者が演じている）が、若い時代に世界中の海を航海し、そこで集めた土産品の数々、支那の人形、オーケストラの指揮者の人形、地図、亡くなった親友の形見など、どれも変わった、一見ガラクタに見えるのだが、これが実にジャン・ヴィゴという新進気鋭の若き監督の才能があふれ出ているかのようで感心した。

面白かったのは、船を出てパリへ行ってしまった妻、ジュリエットが言っていた言葉、「水の中で目を開ければ、愛する人の顔が見える」というのを思い出し、若き夫が船から突然、水の中に飛び込み必死で目を開けるシーンだ。当時の技術で、どうやって特殊撮影をしたのかと、これにも驚いた。

私のような旅人でさえ、パリが毎年、生きもののように変貌するのを実感するのだから、パリっ子にとって街の姿が移り変わるのは淋(さび)しかったり、時に腹を立ててしまっているに違いない。

それは都会、都の宿命なのだろう。

東京も、それは同じである。

今春、シャルル・ド・ゴール空港から北へむかう旅客機に乗った時、パリ上空を数分間航行した。丁度、セーヌ河に沿って飛んでいた。エッフェル塔も凱旋門も、夕陽の中で玩具のようであった。しかし夕映えのセーヌ河はまるで生きもののように美しくかがやいていた。

川は一見、水が流れているだけのように映るが、川面(かわも)を見つめ、肌で川風に触れた大勢の人の感情とともに、どこかにむかって流れ続けているのだろう。

〝**パリの空の下、セーヌは流れる**〟――詩人というものは、感情の根を見つめ、美しい言葉にすることがある。

POUPEES
DOLLS

韓国／ソウル、京都
Seoul, Korea & Kyoto

さて何を想っていらっしゃるのでしょう

――広隆寺の僧

夏の終りに韓国に出かけた。

二泊三日のあわただしい旅であったが、仕事をかかえての旅ではなかったので、休暇がてらの数日は身体を休めることができた。

羽田空港から金浦空港の飛行ルートで、これまでの成田空港から仁川空港のルートとは違って、アッ、と言う間にソウル市内に入った感じだった。

二年前も同じメンバーで済州島に出かけた。この時は、秋のなかばで、済州島はまだ暑いと聞いていたら、初日に山の方へ行くと雪が降りはじめて驚いたのを覚えている。済州島では〝ＮＩＮＥＢＲＩＤＧＥ〟という韓国でも有数のゴルフコースでプレーした。タフなコースだった。美しいコースは強靱（きょうじん）であると言われるが、その典型のように目に映る美眺とは裏腹に、実際ラウンドをしている身体の方はくたくたになりそうなほどハードなラウンドをさせられた。それでもラウンド後、海辺にあったホテルに戻ると、夕風に当たりながら仕事も読書もできたし、いい休暇であった。

その折、次はソウル近郊でゆっくりしようと友人から提案があり、今回の旅となった。前回、仕事をかかえて旅に出たため、正直、辛い部分もあったので、今回は出発前の二日間、徹夜に近い仕事をした。

ソウルに着き、先に到着して、アジア翻訳賞の授与式に出席していた出版社の社長と食事に出かけ、明日、ラウンドするゴルフコースがどんなコースか、レクチュアを受けた。

韓国でも有名な名門コースらしかった。初めてラウンドするコースの話を聞くのは楽しいものである。

今から十五、六年前、私はゴルフ雑誌から依頼を受け、五年間にわたって、世界の名コースと呼ばれるゴルフコースの、一〇〇コース余りをラウンドした。どのコースも素晴らしかった。ペブルビーチゴルフリンクスに代表されるアメリカ西海岸の旅。パインハーストリゾートやTPCソーグラス、ベスページステートパークなどのアメリカ東海岸とフロリダの旅。ハワイ諸島の旅。そしてゴルフの聖地、セントアンドリュースのオールドコースからカーヌスティゴルフリンクス、ターンベリーリゾート、プレストウィックゴルフクラブ、ロイヤルドーノックゴルフクラブ……と素晴らしいコースに出逢ったスコットランドの旅。どのコースにも、それぞれ違った魅力があり、愉しい記憶も苦い記憶も残っている。その後、テレビ局の企画で、スペイン、フランスのコースもラウンドした。モンテカルロ・ゴルフクラブなどはティーグラウンドから三つの国が見渡せるホールがあり、百年目を迎えたコースには威厳さえ感じた。

ゴルフというスポーツ、ゲームはまことに不思議な魅力を持っている。三時間半から四時間で18ホールをラウンドするのだが、実際にクラブ、パターを動かしている時間は合計しても十五分もない。あとの三時間半はずっと、どうプレーするかを考えている。考えているだけではなく、一打一打の状況に対して、挫けないよう、とか、強引なプレーをするな、とか己の精神面のことも同時に対処しなくてはならない。ゴルフをしない方には解りにくいが、どこか釣人に似ているところがある。端から眺めると、悠長に楽しんでいるように映るが、釣人が、餌や仕掛け、水、海の状況を判断し、いっときも休む時間がないように、ゴルフもずっとプレーのことを考えざるを得ないスポーツなのである。その上、ゴルフは、一人で勝手にプレーすることは許されない。何よりマナーが大切なのである。同伴プレーヤーに対してのマナーもそうだが、ゴルフコースそのものも大切に扱わねばならない。これを体得するには何年もかかる。もうこれでマナーを覚えただろうと思っていても、素晴らしいゴルファーに出逢い、その人のプレーを見ていて、自分に足りなかったものを学ぶことはしばしばある。それでいて自分のプレーにはほとんど落胆しているのだから、まことに厄介なものでもある。

そのコースは〝ANYANG（アニャン）カントリークラブ〟というコースだった。美しい松の木、2番ホールに並んだ桜の木、あふれるほどの数の蓮の葉が茂る池の中央にかかる橋を渡ってフェアウェーへむかうホールなど、いつか蓮の花が咲く季節に、桜の花が咲く四月に訪ねたいと思ったほどだ。コースもタフだった。何より設計とメンテナンスがすぐれていた。

ラウンド後、私たちを今回、迎えてくれた新聞社、テレビ局の若き社長がクラブハウスで美味しい松茸をご馳走してくれた。愉しい時間だった。夕陽に染まるコースを眺めながらの酒にほろ酔うのはいささか贅沢に思えた。

お礼の挨拶をした時、私は言った。

「この次は良いゴルフコースも嬉しいが、次回はソウルの国立中央博物館へ行く時間と、一度ぜひ見学したい、青磁、白磁の美術館にも行きたいのでよろしくお願いします」

　すると若い社長が訊いた。

「国立中央博物館で何を見るんですか」

「半跏思惟像です。あれは韓国の宝です。まったく同じものが日本の広隆寺にあります。おそらく同じ仏師か、その集団の中の人の手で作られたものが天平の時代に日本に渡来したのでしょう」

「韓国では教科書に記載されているほど誰もが知っています。誉めて下さってありがとうございます」

　かれこれ二十年前になるが、私は日本の仏像を見て回っていた時期があった。その折、京都の広隆寺で〝宝冠弥勒〟と呼ばれる半跏思惟像を見た時の感銘は今でもよく覚えている。足を組み、右手の中指が頰にかかった、いかにも何か物想いに耽っている姿は、それまで見て来た仏像にはないものだった。この広隆寺の半跏思惟像とソウルの国立中央博物館に展示されている像は瓜ふたつなのである。ふたつの像はどこか微笑しているように誰もが思う。

　私は広隆寺の僧に訊いた。

「この弥勒さまは何を想(おも)っていらっしゃるのでしょうか」

僧はやわらかな表情で答えた。

「**さて何を想っていらっしゃるのでしょうか。**いずれにしてもこのやさしい表情からして善きことを想っていらっしゃるのでしょう」

ソウルに旅する機会があればぜひご覧になるといい。

奈良、韓国／ソウル

Nara & Seoul, Korea

おだやかで、やわらかい時間が、私たちの国の間にはあったのですね

——韓国の日本大使

かれこれ二十年近く前、日本のあちこちに仏像を見て回る旅をした時期があった。仏像を見る旅に出たきっかけは、東京で開催された奈良の興福寺の秘宝、仏像等の展覧会に出かけ、その展覧会で阿修羅(あしゅら)立像をはじめとするいくつかの仏像を間近に見たことだった。それまで、一、二度それらの仏像を興福寺で観ていたが、仏像だけをゆっくりと鑑賞したのは初めてだった。

不思議な感覚に捉われた。仏像が発する奇妙なエネルギーを感じたのだ。断わっておくが、私は信仰心の篤い人間ではない。むしろ、その逆で、若い時は西洋哲学に傾倒した時もあり、〝無神論〟を学び、その影響を受けた時もあったほどだ。

ところが展覧会で受けた感動がずっと残り、三度、その会場へ足をむけることになった。二度、三度通ううちに、私は、これらの仏像が千年以上、こうして私たちの目に触れられるほど長く、その姿を守り続けられた理由を考えた。さまざまな理由はあるのだろうが、私がひとつ確信したのは、それらの仏像を千年もの歳月守り続けたのは、仏像に手を合わせてきた、ごく普通の、庶民、日本人であったのだろうということだ。そうでなければ僧侶たちの手だけでは、誤って火などがついたり、天災で本堂が崩壊したりしたら、声を上げる間もなく消滅してしまう繊細な創造物を守り続けることはできないはずだ。そこに日本人の祈りと願いがあったからではと思った。

展覧会が終った後もしばらくパンフレットや購入した写真を壁にピンナップして見ていた。同時に妙な感慨が湧いた。

――日本人を知るのには仏像はひとつの象徴かもしれない……。

と考えはじめた。

名刹、仏像に詳しい人を探すと、小説の担当編集者が趣味で寺社を巡っているとわかった。その人に案内してもらい、月に一度旅へ出た。興福寺、法隆寺、室生寺、當麻寺(たいまでら)、橘寺……、その旅で中宮寺を訪ねたのは、旅の、二年目の初夏だった。

淡い雨に咲く斑鳩(いかるが)の道端の紫陽花(あじさい)の花弁が濡れているのを見ながら中宮寺の御堂に入ると、弥勒菩薩はひっそりと佇んでいた。黒漆(くろうるし)塗りの肌が雨滴に抜ける六月の陽光の中で生きているかのように艶やかだった。

私は思わず息を止めた。それまで鑑賞して来た仏像とはまったく違うものが漂っていた。台座の上にすわり、右足を左膝の上にかけ、その右足首を左手が軽く握り、右手の指先がやわらかくまがり菩薩の右頬にふれていた。

半跏思惟像である。半跏思惟像は写真では見知っていたが、本物に間近で接すると、像全体から漂って来るものは、やはりそれまで見た他の像とは違っていた。

——なんとやわらかな表情をしているのだろうか……。

どこか微笑しているように映る面立ちもそうだが、像全体から伝わって来るものに親しみを感じた。

——これを一目見た天平の人々はさぞ感銘を受けたことだろう。

閉じた目と、半跏の姿勢、そして何かを想っているかのような表情は祈りの対象の仏像と言うより、鑑賞する人の内面までを平穏にしてくれそうなやわらかさがあった。

三年余りの仏像を巡る旅の後、私はヨーロッパへ絵画の旅に行くようになり、仏像とは遠ざかる暮らしになった。

三年前の冬、私は韓国へ、その頃執筆していた朝鮮半島を舞台にした私の父をテーマに書いた小説の取材で出かけた。

南北国境のある雪景色の三十八度線近辺の山河を見て回った。一日ソウルに滞在できたので、案内してくれた人に、もう少し韓国の歴史を知りたいと申し出ると、国立中央博物館をすすめられた。雪の舞うソウルの街を見ながら博物館に行くと、その展示物の充実振りに感心した。

奥へ進んで行くと、ひときわ人だかりのするコーナーがあった、中に入ると少し照明を落した場所の中央に大きなガラスケースの中に金色にかがやく一体の仏像が展示してあった。

韓国国宝78号の半跏思惟像であった。

私は驚いた。すぐに中宮寺の半跏思惟像の姿が浮かんだ。目の前の78号の半跏思惟像は中宮寺に比べると金箔(きんぱく)が残り、ほとんど裸体の中宮寺の菩薩と違って、宝冠、胸先の装飾があって威厳があったが、それでも仏像の表情には何かを瞑想(めいそう)しているようなやわらかさがあった。

一瞬、韓国にも同じものが、と思ったが、考えてみれば、この弥勒菩薩は元々、この国から伝わったものであることに気付いた。

ふたつの国が交流してきた歳月の長さと重さをあらためて再認識させられた。

博物館を一周して、私は仏像の前に戻り、しばし鑑賞を続けた。

「よほど気に入ったのですね」

案内の人の言葉にただうなずいていた。

日本に帰国してからも、ソウルの書店で購入した半跏思惟像の写真集を何度となく眺めた。

年が明けた一月に、韓国の日本大使と逢う機会があった。政治に関わる事柄は断わっているのだが、私の著書のことが面会の申し出に書いてあったので、昼食だけを二人で摂った。若い時にアメリカと日本の大学で学んでいたという大使は穏やかな人柄であった。

ゴルフも夫人とされると言うので、気楽に話ができた。デザートが出た頃、私は大使にソウルで見た半跏思惟像に感銘した話をした。大使も、あの像が好きで、国の宝です、と嬉しそうに話し、彼も奈良、中宮寺へ夫人と訪れ、感銘したと言い、少し視線を遠くにむけてつぶやいた。

「あの仏の表情のように、おだやかで、やわらかな時間が、私たちの国の間にはあったのですね」

彼は、その頃、ぎくしゃくしはじめた日本と韓国の関係を憂えていた。
国境を越えた美しい仏の微笑(ほほえ)みが二人の会話を救ってくれた。
今、その半跏思惟像が二体並んで、上野の東京国立博物館にいらっしゃるそうである。

中国／長江

Cháng Jiāng, China

上海へ行って女優になるの

——ちいさな村の若い娘さん

その旅は、急に決まった旅であった。

或る人を介して、一人の中国の青年が逢いにやって来た。

「李と言います。映画のプロデュースをしています。実は高倉健さんとお逢いして、あなたの名前が出まして、ぜひ中国を舞台に映画の原作、脚本を書いていただきたいのです」

「今、何とおっしゃいましたか?」

青年は同じ言葉をくり返した。

高倉健さんの名前が出て、映画を製作したいという話は、それまで何度となく耳にして、大半の企画が頓挫した話も聞いていた。

目の前に立っている青年は、私よりふた回りは若い人であった。

「失礼ですが、どこの映画会社の企画ですか?」

「どこでもありません。僕が製作します」

「あなたが……」

数日後、私は彼と食事をともにした。彼がどれだけ高倉健という役者を尊敬し、憧れているかを語り続けた。若者の話を聞いているうちに、この青年には私にはない熱いものがあることがわかり、純粋無垢(むく)なところが伝わって来た。

健さんにも、私のことは話してあると言う。そのことを確認するわけにはいかないが、知人に状況を訊くと、健さんも李君を支持しているという。

彼は私の前に一枚のＤＶＤを差し出した。

表紙を見て、私は言った。

「これはいい映画でした」

「ご覧になりましたか？」

「はい。ひさしぶりに映画館へ行きました」

『山の郵便配達』と題された作品で、中国のアカデミー賞と呼ばれる〝金鶏賞〟をはじめ、海外でも賞を獲得した作品だった。

作品の内容は、八〇年代初頭の中国、湖南省の山間(やまあい)で長い年月郵便配達を勤めた初老の男が自分の体力が衰えはじめたことを知り、後継ぎとなる息子と二人、父として最後の配達にむかう道程を描く物語だった。重い郵便袋を背負い、愛犬とともに息子と山村を一軒一軒誠実に郵便を配達して行く。父の姿を見ていて少しずつ郵便配達の仕事の大切さを息子も学び、父への尊敬の念を抱く。

険しい道を歩く二人。その二人を抱擁するかのごとき湖南省西部の山・谷、村の美しさに、観ていて何度も嘆息する作品だった。

「このイメージが私にはあります」

「失礼ですが、あなたのお生まれは？」

「北京です」

「こういう山間の村を訪ねたことはありますか？」

「いいえ、一度もありません」

その素直な応え方が、逆に私の創作意欲をかき立てたのかもしれない。

「これほど有名な作品と同じものを作るというわけにはいきません。あなたは三峡ダムがもうすぐ建設されるのはご存知ですよね」

「はい。工事はもうはじまっています」

「ダムが完成するといくつかの村が水底に沈んでしまうんでしょう？　その村の物語ならもしかしてできるかもしれません」

「それはいい。やはり思ったとおりの人だ」

運良くスケジュールが空いていたので、出発は二日後になった。

北京へ飛び、そこから重慶の街へ入った。

重慶へは午後に到着した。李君は宴会を用意してあると嬉しそうだった。

「すみません。なるたけ独りにしてくれますか。夕飯も自分で探して食べます」

意外な顔をされたが、自分には重慶の街を一人で歩く主人公のイメージがあった。

それを説明すると彼はすぐに納得してくれた。

あらかじめ重慶の街は調べておいたから、夕暮れ、麻雀に集う男女の姿を目にした時、私は妙な安堵を覚えた。

旅は独りで歩くことである。ましてや原作、脚本を構想するなら、主人公の街を歩く姿が湧いた方がいい。屋台の飯屋は想像以上に素晴らしかった。手ぶらで座る私を気さくに迎えてくれた。明日からの三峡下りの船旅に思いを馳せながら酒を飲んだ。少年の頃、父から、旅は船旅がいいと、言われた。そのこともあってか、〝三峡下り〟を仕事以外に私は愉しみにしていた。

重慶から宜昌までの三泊四日の船旅である。船は少しばかり老朽船であったが、それが良かった。客の大半が庶民である。出発の折、苦力が荷物や肉、野菜を上半身裸で天秤棒に担いで船積みする。その姿はかたちこそ違え、嘗て私の父が沖仲仕として励んでいた姿である。

汽笛の音とともに出発した。川面は茶褐色で大河、長江の重厚さのようで頼もしかった。

川旅ははじめてであった。デッキに立つと左右に緑をたたえた山並が続いていた。私は嬉しくなった。思い切って旅へ出たことで、これほどの美しい風景の中に身を置くことができたのを好運だと思った。

ガイドが一人、時折やって来て、不自由はないかと訊く。大丈夫です、と笑った。

豊都で一日目の夜を迎え、二日目に小三峡を別の船に乗って遡った。美しい水が流れる川面を滑るように走る船から、両サイドの崖を見上げると、〝懸棺〟と呼ばれる、古く高貴な人の棺が見えた。天の近くまで死者を送り届ける習慣らしい。崖の地質であろうか、時折、奇妙なかたちの岩が見え、馬が岩の中に半分埋もれて、後ろ脚と尾が出ているかたちを見て思わず微笑んだ。

昼食を岸辺のちいさな村で摂った。魚と野菜が美味であった。

二日目の夕方は岸辺に上がり、ガイドの親戚という若い娘さんと三人で楽しい食事をした。ガイドは少し酒に酔い、

「この娘は夢ばかりを追って自分の足元が見えない」と愚痴ともつかぬことを口走っていた。

ガイドが小用で席を立った時、私は彼女に「何か夢はあるの?」と訊いた。

「上海へ行って女優になるの」

と、つぶらな瞳をかがやかせて言った。

「いい夢だね。懸命にやればきっと夢は叶(かな)うよ」

私が言うと彼女は嬉しそうにコーラを飲み干し、ありがとう、と言った。

どんな国の、どんなちいさな村にでも、大きな夢を見つめている瞳があるのだと思った。

高倉健さんの原作は半分もできずに、若者がいずこかに立ち去った。未完の原稿は仕事場のどこか隅にあるのだろう。

今でも時折、美しい川の流れを目にすると、小三峡の青いせせらぎと、夕暮れの屋台で見た娘の澄んだ瞳を思い出すことがある。

富士山
Fujisan

見つゝ行け旅に病むとも秋の不二

――夏目漱石

あれはいつの頃だったろうか。ヨーロッパでの長い取材旅行を終え、飛行機で帰国の途につき、長旅の疲れか、機内での食事も摂らず深い眠りについていた。機内のアナウンスが耳の底に聞こえ、かすかに機体が揺れ、目を覚ました。あと一時間半ほどで成田空港へ着くという。私は驚き、左手の窓を開けた。眼下の雲海が傾きかけた夕陽(ゆうひ)に染まろうとしていた。

――こんなに眠ったのは初めてだ。よほど疲れていたんだな……。

二ヶ月余りの旅で七ヶ国を回り、数社の取材をこなした。最後の一週間は、早く日本でゆっくりしたいと思うようになっていた。

東欧の旅が続き、言語を聞き取ろうとするのに苦労し、食事も脂の多いものが続き、心身とも辟易(へきえき)していた。トイレに立って顔を洗い、客室乗務員のシートの側の窓から外を見た。

一瞬、ダイヤモンドのような光が走った。

――何だ、今のは?

目を凝らすと、少しずつ朱に染まろうとする雲海の中に、そこだけくっきりと三角形の鉱石のようなものが見えた。

——富士山だ。こんなに美しいのか。

私はその美眺に驚き、しばし見惚れた。

——そうか、日本に帰って来たのだ。

と嬉しくなった。

北アルプスの頂きもわずかに見えるが、富士山はまるで違う容相をしていた。同時に富士山を見て、感激している自分を知ったのも意外だった。

席に戻ってからもしばらく美しい姿を見ていた。

この山をひさしぶりに見て、私と同じような感慨を抱いた人はさぞたくさんいるのだろうと、あらためて富士山の、山というものが持つ力のようなものを再確認した。


私が初めて富士山を見たのは、故郷の山口から東京へむかう夜行の寝台列車の通路の窓辺からだった。朝の六時頃だったと思うが、乗客もぽつぽつと起き出し、私も通路に出た。するとそこに朝陽に光る富士山が雄大な姿を見せていた。

——おう、これが富士山か……。

十七歳の夏のことだった。

大きな通路の窓に富士山はずっと消えずにあるのを目にして、なんと大きな山裾なのだと思った。

私は中国地方の海のそばで生まれたから、雄大な山というものを見ずに育った。高い山と言えば鳥取の大山（だいせん）まで行かねばならなかった。そのせいか、山より海と接することが多く、山登りの経験もほとんどなかった。

しかし私が初めて富士山を見た時の感情は日本人の大半が抱く、尊厳にも似たものがあるような気がする。

上京して数年、埼玉にある野球部の寮の近くからも、冬の晴れた日、富士山が見えた。しかしその頃は、まだ若く自分のことで精一杯で、そこに富士山がある、というだけだった気がする。

社会人になってテレビ局の仕事で静岡を頻繁に訪れる数年間があった。数日滞在する日々の朝、窓のむこうに富士山が当たり前のようにあった。仕事先のディレクターが言った。

「朝夕いつも、そこに富士はあるんです。空気みたいにです。でも他の土地に転勤になった時、何かが足りないような感情がしていたんですが、静岡に戻って来た朝、そうか、富士が暮らしの中になかったんだとわかったんです。不思議な感情ですが、富士がないことが淋しかったんでしょう」

　そんなふうに思っている人が実は大勢いることにも気付いた。なにしろ富士山は静岡県なら富士市、富士宮市、裾野市、御殿場市、駿東郡小山町。山梨県は富士吉田市、南都留郡鳴沢村にいたる七つの市、町、村にわたってその裾野をひろげているのだ。

　それだけではない。一度、和歌山県の那智勝浦町を訪れた時、町役場の人から、

「ここからも富士山が見えるんですよ」

と言われて驚いたことがあった。

「それはぜひ見てみたい」

と申し出ると、冬の一、二月の日本列島に雲がない空気が澄んだ午前中でないと肉眼ではまず見えないと言われた。勝浦から近い、妙法山と色川小麦峠の二ヶ所から見えるのだという。望遠レンズで撮影した写真を見せて貰った。その富士は空に浮かんでいる感じだった。

全国各地にこの山を眺望できる土地が百二十八景、二百三十三地点あるそうだ。まさに日本人の山なのだ。

文学者の色川武大さんと二人で名古屋へ〝旅打ち〟（ギャンブルの旅をこう呼ぶ）に行った折、新幹線でくつろいでいた色川さんが、突然、苦しそうにうつむかれたことがあった。大丈夫ですか、先生、どこか苦しいのですか、と声をかけても、脂汗を流して苦しそうにされていた。私はあわてて先生をよく知る先輩に急変を知らせると、今どこらあたりを電車は走っているかね、と訊かれ、富士市ですが、と返答すると、窓から富士山が見えるかね、と言われ、はい、と言うと、それだよ、先生は富士山が怖いんだよ。私は思わず、えっ、富士山が怖い、と言うと、富士山だけじゃない。三角錐（すい）がダメなんだ、な〜に大丈夫だ。見えなくなりゃ、元気になるよ、と電話を切られた。その時もずっとうつむいて窓の外を見ようとしない時間の長さに、富士山は裾野がひろいと再認識した。ギャンブルの神様とも呼ばれた人にも苦手なものがあるんだと苦笑した。

数年前、明治の俳人、歌人の正岡子規と文豪、夏目漱石の友情を描いた小説を執筆した。二人の友情は、書簡集の文面の行間や、俳句を通してのやりとりから伝わるのだが、今と違って友情に、規律、敬愛が感じられて、凛とした彼等の精神がうかがえる。

明治二十八年秋、子規は松山から奈良を回り上京する。松山で漱石と二人〝愚陀佛庵〟で同居し、再度の上京だった。その送別の席で漱石は友に句を送った。漱石は子規の余命が長くないのを案じていた。おそらく最後の旅になるだろう。その句は、

見つゝ行け旅に病むとも秋の不二

私はこの句を詠むたびに、友情というものの崇高さを思う。まさに峰の風のごとくだ。

東京／根岸、本郷、日本橋、浅草、イギリス／ロンドン

Negishi Hongo Nihonbashi Asakusa, Tokyo & London, England

六月を綺麗な風の吹くことよ

——正岡子規

春浅き日の半日、根岸界隈（かいわい）を散策した。

自由業というのは行きたい時に散歩ができていいな、と思われるかもしれないが、気ままに物見遊山に出かけたわけではない。

根岸から本郷へ、本郷から日本橋へ、日本橋から上野、そして浅草へとだいたいの道順を決めて歩き出した。

かなりの行程である。普段、ゴルフコースを歩く以外には歩くこともないので、私としては行軍の一種と考えていい。

そんなに歩くには理由がある。今、小説誌に正岡子規のことを執筆していて、子規が生涯の友である夏目漱石と出逢い、二人して本郷界隈を歩いたであろうと資料から推察できるので、青年、子規と漱石がどんなふうに歩いたかをたしかめるためである。

子規と漱石は同じ年の生まれで、子規が四国の松山で生まれ育ち、漱石は牛込生まれの江戸っ子である。

松山の中学に通っていた子規は友が皆上京するのを見て、早く自分も東京に行き立身出世をしたかった。叔父からの許可が出て子規は躍らんばかりに喜んで上京し、大学予備門に入学する。十七歳の時だ。やがて同級生の中に抜群の秀才ありと聞く。名前を夏目金之助。のちの夏目漱石である。二人が口をきくようになるのはともに帝大本科に入学をした五年後である。子規は何をやっていたのか。極端に言えば毎日、ベースボールをしていたのである。

こういう子規が私は好きだ。

二人が口をきくようになったきっかけは、なんと落語の話題だった。これが愉快である。東京のあちこち、気のきいた町内には必ず寄席の小屋があった時代だ。

漱石は生家のすぐ近くに寄席があり、家族が芝居、寄席好きで幼少から通っていた〝通〟であった。子規は松山時代にやってくる芝居や講談、浄瑠璃を聞くのが大好きだった。上京して落語に感心した。元々、子規は物事を見るにセンスのある若者だった。漱石は圓遊が贔屓(ひいき)だった。どちらかというと気難しい漱石の性格は、寄席で騒ぐ者、ひやかしの声を出す者を嫌った。子規は圓朝を聞いている。

おそらく二人の若者は寄席談議をしながらお互いの見識を計ったのかもしれない。

——うん、悪くない。なかなかの男だ。

と思ったのかもしれない。

この出逢いから二人は少しずつ相手の下宿を往き来し、葉書、手紙を出し合い、お互いを理解し、生涯の友となる。

勿論、この時は二人とも自分が将来、いかなる人間になるか知るよしもない。

近代文学において、子規と漱石が若い時代に出逢い、自分たちが人として向上したいと望み、励まし合い、認め合い、それぞれが懸命に生きた結果、私たち日本人は漱石という日本の近代文学の出発となる小説家にふれ、〝人間形成〟というものを学べる幸運を得た。一方、子規のお蔭で俳句が短型の文学であるという認識を持ち得た。今、海外で外国人が、〝蕪村（ブソン）、一茶（イッサ）〟と俳諧師の名前をさらさらと口にするのも、すべて子規のなした仕事である。

昔の人は考えられぬほどよく歩いていた。

子規など下宿で夜半に仲間と話していて、鎌倉にこれから行こう、と言い出し、歩いてむかったのだから、現代人からすると、その健脚振りは異様でさえある。

本郷から日本橋に着くと、やはり汗を掻（か）いていた。

ここには明治期、魚河岸があり、〝伊勢本〟という大店（おおだな）の寄席があった。

ビル以外の風景、外堀通り、内堀通り、東京湾からの海風も感じなくもなかった。古い地図を手にビルを確認してもやはり風情がない。

子規は大食漢である。

病床についてからの食欲は半端ではない。

漱石は若い子規の思い出として、値段の高い浅草の鰻（うなぎ）屋に入って二人前をぺろりと食べ、金を払わず、ご馳走さまも言わず平然としていると書き、それが子規らしいと述べている。よほど子規が好きだったのだろう。

若い二人はどんな会話をしたのだろうか、想像するだけでまぶしいような思いがする。

お互いの存在がなければ素晴らしい小説家も、俳句、短歌の功績者も世に出ることはなかった。

友情というものは人生のかけがえのない宝なのだろう。お互いを尊重し、一人の時に懸命に己のなすべきことをやる。

ロンドン留学中、子規の訃報を知り、漱石は嘆き、自分の俳句の先生だった子規に句をたむける。

手向くべき線香もなくて暮の秋
きりぎりすの昔を忍び帰るべし

私は後者に子規の笑顔を想像する。
その子規の句の中で、春から初夏にかけての好きな一句を紹介する。

六月を綺麗な風の吹くことよ

子規って本当にいいですね。帰りはタクシーに乗りました。

イギリス／ロンドン、愛媛／松山、東京／根岸

London, England & Matsuyama, Ehime & Negishi, Tokyo

きりぎりすの昔を忍び帰るべし

――夏目漱石

夏目漱石が明治政府、文部省の留学生としてロンドンにむけて横浜港を出航したのは明治三十三年の九月八日のことであった。

ドイツ船籍のプロイセン号である。三千三百屯の船であるから大型船である。天候の加減もあったろうが、船はよく揺れて漱石は船酔いに悩まされた。四人の留学生とともに船旅の人となった。

出航の半月前、漱石は根岸の〝子規庵〟に正岡子規を訪ねている。これがおそらく最後の別れと二人は承知していた。

子規はその年の夏、パリにいる画家、浅井忠に手紙を出し、自分は生来の旅好きであるから、何か目的があるわけではないが、ぜひ世界一周の旅をしたい、それができぬのが残念だ、と書いた。

ところが漱石が訪ねた折には、そんなことを一言も口にしていない。

それを口にすれば漱石も困ると考えたからである。漱石も二年の留学だからすぐに帰国するようなことを口にしたのかもしれない。

二人は同じ歳(とし)で、しかも同じ大学の予備門から帝国大学に進んだ同級生である。

しかし二人は同級生というだけの仲ではなく、同じ趣味の落語、寄席の話がきっかけで知己を得てから何とはなしにつき合うようになった。

漱石の人柄を知る人なら（それを読んだことがある人なら）彼がいかに神経質であったかはご存知だと思う。

何とはなしにと書いたが、子規は帝大はじまって以来の秀才と呼ばれた漱石を〝畏友〟と決めて敬愛していたし、漱石も子規が無理にすすめた俳句の創作をしている。何より二人は数多くの手紙を互いに出し合っている。

漱石が大学を卒業し、英語教師として就任したのは子規の故郷の四国、松山である。この時の生徒、教師たちとの思い出が小説『坊っちゃん』となる。漱石が着任していた時、新聞記者として清国に取材に行き、帰国の船で大喀血し、九死に一生を得た子規は故郷、松山に戻り、漱石が住んでいた二階屋に勝手に入り込み、二人で五十日余り暮らしている。気難しい漱石が子規を家に受け入れたのはやはり子規への情愛があったからだろう。子規は二人の住いを〝愚陀佛庵〟と命名し、毎日のごとく客を招き入れ、句会や文章会を催した。

当時、読書が何よりの愉しみであった漱石にすれば階下の騒ぎは迷惑千万であっただろうが、不思議と子規のなすことに関して漱石は愚痴も言わず、許していた。

二人して道後温泉へ出かけたり、三津浜へ海を見に行っている。当然、子規が歩き回る場所には、当時、流行していたベースボールに興じる書生の姿が見える草原もあって、そこにも出かけたのであろう。

それ以前に二人は京都へ旅行にも出かけている。よほど気が合ったのだろう。男と女の情愛というものは、美しい側面を持っているが、同時におそろしいほどの感情のぶつかりをともなうことが多々ある。

それに比べると男同士の情愛、友情と呼ばれるものには、或る種のさわやかさを感じるものが多い。

その理由を想像してみると、男と女に比べて男同士の方が互いの距離感を大事にするからではなかろうか。男と女の場合は、互いの距離を縮めることを情愛の成立と考える人が多い。二人の間に隙間がないほど密着したいと願うケースも間々ある。男と男の場合は特別なケースを除いては、そう考えることは精神的にも肉体的にもない。

漱石がロンドンに旅発(たびだ)ってから子規に寂寥(せきりょう)が襲う。口にこそしないが、子規は己がやがて迎えるであろう死を見つめるようになる。

ではロンドンの漱石は念願の洋行に喜々としていたかというと、その逆で、イギリスを含めたヨーロッパの文化、ヨーロッパの人々に対して懐疑的になり、やがて外出もせず部屋の中で読書ばかりに耽る日々となる。ともにプロイセン号で渡欧したドイツへ留学した友が漱石の下宿を訪ね、外出もせず目を窪(くぼ)ませて読書に耽る姿を見て、日本の文部省に〝夏目狂せり〟と打電したほどだった。

二人とも生まれいずる悩みの中にあったことは象徴的である。

そんな漱石に子規から手紙が届く。漱石は、子規はまだ生きているのか、と驚愕する。友の命は長くないと決めての洋行であったからその驚きも想像できる。

明治三十五年九月十九日、子規は逝く。

子規の死の報せを漱石がロンドンの下宿で知るのは二ヶ月半後の十一月三十日であった。漱石は寒い下宿の部屋に、その夜、一晩じっとして子規に教わった俳句を作る。

手向くべき線香もなくて暮の秋

筒袖や秋の柩(ひつぎ)にしたがはず

きりぎりすの昔を忍び帰るべし

私は、このきりぎりす~の句を読むと、ベースボールが大好きだった子規が、二人で暮らした松山の時代、白球に興じる草原にむかって駆け出したその姿を漱石は見たのではないかと想像してやまない。きりぎりすとなって故郷へ帰りたまへ、と友を送った青年の哀(かな)しみはいかばかりであったろうか。

東京／神楽坂

Kagurazaka, Tokyo

夏目君、君のボートの腕前はどんなもんぞな？

昨秋から新聞に小説を執筆していて、主人公が明治、大正期に活躍した夏目漱石ということもあり、漱石の生まれ育った牛込や、浅草界隈を散策することが多くなった。

丁度、長く仕事場にしていたお茶の水のホテルから、神楽坂の丘の上にあるホテルに移ってしばらくして、連載小説の執筆がはじまった。

漱石の誕生、幼少、少年時代から書きはじめることになったのだが、百五十年前の話であるから、遠い時間を想像するのだが、さしてそれが遠い日のことではないのは、七、八年前、漱石と同時代に生きた正岡子規のことを書いた経験で、幕末、明治はつい昨日のことでもあるという考え方ができるようになっていた。

歴史小説でも、時代小説でも物語の舞台が都市、街であれば変わらぬものがある。

それは地形、土地の在り方である。

海沿い、海岸線などは、日本という国はかなり変化をしている。日本は江戸中期以降、昭和の終りまで、かなり広域な土地を干拓、埋立てをしているからだ。

河川も変化をしている。大阪の中心を流れる淀川と河口は、昔と大きく変わっている。

ところが幸いなことに東京、それも江戸城を中心とした東京は、明治の初めから土地、地形はあまり変わっていない。

新しい仕事場になった神楽坂から、漱石の誕生した牛込坂下はすぐ近くである。漱石記念館も静かで、思惟（しい）するには良い所であった。

散策する場所を、物語の主人公が歩いていたり、赤ん坊の時なら、泣いていたりしていたのだろう、と想像するのは楽しいものだ。

漱石は生まれてすぐ実母が高齢だったので、乳を貰わねばならず、里子に出された。里子に出された先が古道具屋だった。姉が心配になって夕刻見に行くと、夜店の商売道具を陳列した坂の隅に籠に入れられた弟がいたというので、あわてて抱いて帰ったという。その夜店のあった内藤新宿にも、夕刻行ってみたが、今はマンションになっていた。同じく乳を与えたのが、今、毘沙門天のある大通りの前の煎餅屋の隣りの二階に髪結いの店があり、そこの女房であったらしい。昼間出かけた折、今は焼鳥屋になっている二階をしばらく眺めていた。

どんな目をした、どんな赤児（あかご）が、乳母の乳を飲み、満腹になるとどんな顔で眠っていたのだろうか、と想像した。

その髪結いのあった場所から五分も歩いた所に地蔵坂という坂があり、その坂の途中に、『和良店亭（わらだなてい）』という寄席小屋があり、漱石は四、五歳から姉や兄に連れられて寄席へ行っていた。

子供が寄席へ？　と思われようが、江戸中期に全盛を迎えた寄席小屋は、町内にひとつの割合いで店を出していた。子供も父親や家の贔屓の役者、噺家（はなしか）の楽屋へ遊びに行き、菓子等をもらっていた。その『和良店亭』のあった坂道に立つと、一高の学生になった漱石が子規と二人で寄席見物に出かけた姿を思い、何やら楽しい気分になった。

今こうして、去年の夏から秋にかけて散策した折の様子を書いたが、そのすべてが文章になるわけではない。むしろならないものの方が多い。それは調べた取材、資料も同じで、そういうものに依（よ）った作品は小説のもっとも大切な情緒、哀しみが希薄になると私は考えている。

——漱石はどんな人であったのだろうか？

縁（ゆかり）のある場所を散策することも、すべてそのためである。

日本人の大半は夏目漱石という文学者の作品を知っているはずだ（若い人を除いてだが）。

しかし漱石の人となりは、案外と知らない。写真に写る漱石も、どこか気難しく映る。そのせいか〝近代人の悩み〟を背負った文学者のように言われるが、果して、そんな性格で『坊っちゃん』や『吾輩は猫である』が書けるのであろうか？

ユーモアがあり、友人を大切にし、いろんなことで失敗もした人間を見つけたいと思っての執筆でもある。

小説家というと、家に閉じ籠もって、スポーツなど無縁と思う人が多い。私も最初、漱石はその典型と思っていたが、違っていた。

今月の写真は、テームズ川で一八二九年から毎年開催されるオックスフォード大学とケンブリッジ大学の対抗戦での一枚である。

これに倣って、明治二十年代、一高対商業学校のボートレースの対抗戦が日本でも開催された。これが現在も続く東大と一橋大学の一回目だった。当時、ボート競技はスポーツの花形だった。

明治二十二年（一八八九年）の大会では一高（後の東大）が勝利し、喜んだ学校関係者が主将と部員に本を買って与えることにした。主将の中村是公（のちの満鉄総裁、東京市長）は本など興味がなく、友人の夏目漱石が大の本好きなのを知っていたので、漱石にその特権を譲った。漱石は大変に喜んだ。普段は高価で学生には手に入らないシェークスピアの『ハムレット』を買った（この本は今も東北大学の漱石文庫にあるそうだ）。この時、漱石はボート部員ではないが応援席で大声を上げて応援したという。

当時の一高の予科、本科には体育の授業もあり、漱石は器械体操も、案外と上手く、宙返りもできたという。親友、正岡子規の野球の応援もすすんで出かけた。

その漱石が熊本の五高へ教師として赴任していた折、五高のボートレース大会でボート部の部長をつとめ、明治三十年、冬の大会での勝利者の中に名前が載っている。

では実際にボートを漕いだかを調べてみると、大学に入る前の予備門時代に友人たちと〝ブラック・クラブ〟という、ボートを皆で漕ぐグループを作っていた。

実際にボートを漕いで愉しんでいたのである。

他にも仲間と富士登山に挑んだり、江ノ島へ水泳に行ったりしている。なかなかのスポーツマンであったのだ。

正岡子規が大の野球好きであったことは広く知られているし、子規にちなんだ野球場も上野にはある。

子規と漱石は親友であった。二人はよく連れ立って出かけた。

「夏目君、君のボートの腕前はどんなもんぞな？」

「あなたのベースボールより上かもしれません」

と二人が会話をしていたら、これは面白い光景であっただろう。

旅だから出逢えた言葉—II

アメリカ合衆国／シャーロット
Charlotte, U.S.A.

考えてみます

――松山英樹

今月はゴルフの話をする。少し前の話だが、プロゴルフツアーで、四つのメジャートーナメント（マスターズ、全米オープン、全英オープン、全米プロ）と呼ばれる中で、全米オープンがアメリカ東海岸に近い、シャーロットにあるクエイル・ホロー・クラブで開催された。

そのテレビでの中継が、丁度、仙台の自宅に帰った数日と重なったので、トーナメントが行われた四日間の大半を見ることができた。盆休みが全国的に雨天ということもあり、おそらく例年になく多くのゴルフファンが見たのではないかと思う。なぜ、例年になくかと言うと、この全米プロの優勝候補の一人に、日本の松山英樹プロの名前が挙がり、前の週のアメリカでのトーナメントをぶっち切りの強さで勝っていたからである。

ゴルフをなさらない人にはわからないかもしれないが、松山選手の成長振りには目を瞠（みは）るものがある。それはひとえに彼がアメリカに渡ってからの三年間、他のどのプロより練習をしたからである。人の何倍も練習することは、正直、他のプロも実行している。それがプロの世界というものであり、それができない人間は、当初、才能や、幸運で勝つこともあるが、長続きはしない。その点は、私たちの仕事と共通している。

私と、家人は松山選手のプロデビュー以来ずっと応援して来た。

私たち夫婦は、長い間、ヤンキースに所属していた松井秀喜選手を応援した。彼を応援し、彼が良いプレーをするのを願ったり、祈ったり（クリスチャンの家人の場合だが）できたことは私たちの人生にどれだけゆたかなものを与えてもらったかは、二人ともよくわかっているし、今でも松井さんに感謝をしている。

私たちは松井さんがメジャーに挑戦した年に、彼の選手生活が無事であることを込めて庭に一本のシラカシの木を植えた。彼が成長するのと一緒にその木が成長してくれるのを願ったからだ。

今夏も、そのシラカシは茫々（ぼうぼう）と茂っている。

あのワールドシリーズで松井さんがＭＶＰを獲得したゲームでは家人は涙ぐんでいた。おそらくもう日本人選手でワールドシリーズのＭＶＰを獲得できる選手はあらわれないかもしれない。

私は、彼のプレーを見ることができた十年間にこころから感謝している。

だから彼が引退を表明した時の記者会見は動揺したし、それ以降、テレビのメジャーの中継を見ることが少なくなった。

そんな折、私は仙台のゴルフ練習場で、一人の若者の練習する姿を見た。まだ身体（からだ）も細く、ガムシャラにクラブを振っているように見えたが、その若者の目が印象的だった。

数日後、練習場の私のコーチに紹介をされて、その若者が、マスターズのローアマチュア（アマチュアでトップになること）の栄誉を受けた松山英樹君だとわかった。礼儀正しい若者だった。直立不動で私に挨拶する姿を見て、競馬の騎手の武豊さん、野球の松井秀喜さんの初印象と似ているのに驚いた。

家に帰って、松山君の印象を家人に話すと、彼女はこともなげに、

「ヒデキ君は誰でもいい子なのよ」

と言ってのけた。

私は今、月に数度ゴルフに出かける。

それは私が唯一、身体を動かす時間であり、小説のことを半日忘れて夢中でボールを追い、グリーンを、ピンを、カップを目指して懸命に身体を、頭を動かす時間である。

私は二十歳代の初めに、初めてゴルフというスポーツを経験した。それ以前、私は長く野球を懸命にやった。大学野球の途中まで続けたのだから、三十代の時は、人生の半分を野球をやり続けたことになる。決して名選手ではなかったが、一日たりとも練習を休んだことはなかった。それから先も、あれほどひとつのことに打ち込めたことは、小説以外にはない。炎天下で早朝から日が暮れるまで、声を出し続け、白球を追った日々は、その折は、正直、辛(つら)かったし、同じ歳(とし)の若者が愉(たの)しそうにしている姿を見ると、なぜ？　自分だけがこんな苦しいことをしているんだと何度も思った。しかし今になって思うと、あの苦しい日々があったから、この歳まで他人の倍近い仕事量を、少々の逆境でも、それがどうした、あの時に比べれば何ということではないぞ、と頑張ることができたのだと思う。

　ゴルフをする人ならわかってもらえると思うが、ゴルフのプレーの大半は失敗をくり返すスポーツである。それはプロも同じだ。ことアマチュアに関しては、そこまで失敗をくり返すのなら、反省なり、練習をすればよいのであるが、そうはいかない。アマチュアゴルファーは普段仕事を持っており、ゴルフは仕事の合間に楽しむものだからだ。

プロは毎日、練習に励む。それは私たちが仕事に励むのと同様のことである。プロは上手くて当然である。アマチュアは懸命にプレーをしても失敗をくり返す。こう書くと、ゴルフはプロが一番格上にあるように思われようが、そうではない。ゴルフはアマチュアのものである。勿論、プロの人たちのものでもあるが、基本はアマチュアが世界のゴルフを成立させている。なぜなら世界のゴルフ人口の九九パーセントはアマチュアであるからだ。その上、アマチュアゴルファーにはプロがどう太刀打ちしてもかなわないユーモアと、これが一番肝心なのだが、品格を持った人々がいるのである。アマチュアゴルファーで品格を持つ人にはプロが束になってもかなわない。ゴルフは上手いだけが価値ではないことが、大半のプロにはわかるまい。

そんなプロの中で、今、松山英樹君がどうしてアマチュアの支持を受けているかと言うと、それは彼から伝わるゴルフに対する真摯な姿勢ではないかと思う。

全米プロで敗れた時、一人のインタビュアーが聞いた。

「敗因はどこにあったと思いますか？　何が足らなかったと思いますか？」

少し質問のタイミングとしては配慮に欠けたところもあるが、インタビュアーもまた仕事をしようとした結果の質問だったのだろう。

「**考えてみます**」

松山選手はそう言った。考えて考え抜いて練習して、練習をやり抜いて、ようやく何かが出るのが、私たちの人生であり、たとえ結果が出ずとも、それをやり続けることにしか、生きる尊厳はないのだと思う。ガンバレ、松山君。

アメリカ合衆国／ハワイ諸島

Hawaii, U.S.A.

年の始めは
ともかくゆっくりスイングすることだ

――ボビー・ジョーンズ

〝一年の計は元旦に在り〟という。

誰が言い出したのかは知らないが、人間のやわらかさ、呑気な性分をよくあらわしているものだ、と私はこの言葉を聞く度に思う。

元旦だから、敢えてその一年をどう過ごすかを決めたり、覚悟を確認しなくてはならないほど、その人が悠長に生きているということなのだろう。

しかしそれでいいのではないか、とこの頃は思う。しゃかりきになって、自分の人生は大丈夫か、などと一年中毎日考えていては周囲の人も心配するだろうし、第一余裕がなくなる。完璧を求める人は、完璧というものにとらわれて、何ひとつ身に付かないケースの方が多いのではなかろうか。

それはゴルフのプレーで例えると、ナイスショット以外は、つまらぬショットと考えるのと同じで、面白味がないし、ゴルフの肝心をいつまで経っても理解できないことになるだろう。

失敗をするものだという前提を気持ちの隅に持っていれば、落胆し過ぎて心身がおかしくなることもないし、周囲にも不必要に心配、迷惑をかけなくて済む。

今は、日記、日誌を書く人が少なくなったそうだが、私が子供の頃は、年の瀬、文房具店には真新しい日記帳が並んでいた。

今年は日記をちゃんとつけて、いい一年にするぞ、と決心して書きはじめる。ところが、或るデータによると、日記は約九割の人が最後まで書かずに終るらしい。これも人間らしくていい。

私の先輩に、ゴルフの一年のスコアーをすべて記入し、記憶していて、その一年の平均ストロークを出す作業を楽しみにしている方がいる。その先輩と、毎年、暮れにご一緒するが、こうおっしゃる。

「今日、100以下でラウンドできると、今年は平均ストローク99・7……になるんです。ガンバリたいな」

そうなると、こちらも応援したくなるし、上手くラウンドを終えて清々しい顔でウイスキーを飲んでいる横顔がまぶしく映る。

それとは逆に、ゴルフの年始めというのがある。これも楽しみにしている人が多い。

今から二十年以上前、私は先輩たちが、毎年仲間で行く、年始めゴルフの旅に参加していたことがあった。

いろんな職業の人が集まって、一年間積み立てをして、元旦が過ぎての一月四日に羽田空港から、格安のチケットでハワイ諸島へ飛び、到着した日の午後から、大会を開始する。人数にして十数人。四組から五組で、女性も三、四人加わっていた。去年の実績からハンディキャップが決っていて、皆が懸命にプレーする。

サラリーマン、写真家、デザイナー、コピーライター、イラストレーター、写植屋さん（今はこうは言わないか）……、この欄の挿し絵とデザインをして貰っている長友啓典氏もいらした。宿泊のホテルも格安の少し古びた建物だったが、なにしろ一日2ラウンドもする日もあり、皆一年の疲労も重なって、食事が終れば、毎日が表彰式で、あとはベッドに倒れるように休んで、翌早朝からレンタカーに乗り込んでゴルフコースへむかう。毎年、オアフ島以外の各島でのプレーで、その方が宿代もプレー代も安かった。

当時のハワイは観光客が毎年増え、しかもゴルフをする人が増えて、新設コースのラッシュだった。誰もそのコースのレイアウトを知らないというのがまた楽しかった。

ハワイのグリーンの芝目は、その島の一番高い場所から海へむかって順目になっており、海にむかって速い、が常識だが、時折、プレー中に、このグリーンはどっちに速いんだ？　と海の位置をたしかめると、三方が海に囲まれていて、頭が混乱したりした。

一週間の滞在で10ラウンド以上プレーしたのだから若かった。どんなに疲れていても、ゴルファーという人種は、いざコースに入ってボールを相手にすると、半分我と、身体の具合を忘れる。

皆日焼けして日本に帰って、仕事始めに自分だけがこんがり焼けた顔をしていると、遊んでばかりいたのだろうと思われはしないかと、うつむいて打ち合わせをしたものだ。

その旅も何とはなしに終りになり、時々、あの戦いの日々を思い出して懐かしくなる。

どんなだったか、と思い出そうとすると、いいプレーをした記憶より、失敗をして笑われたシーンでの方を鮮明に覚えているから妙なものである。

上手くプレーができて嬉しかった記憶を忘れないことは幸せだろうが、大半のゴルファーが失敗を記憶しているとしたら、ゴルフというスポーツ、遊びは、かなり高等なものかもしれない。それだけゆたかな面を持ち合わせているのだろう。

〝人の喜び、幸福の表情には皆どこか共通しているものがあるが、悲しみ、不幸せのかたちはどれも違う表情をしている〟という言葉がある。それだけ人間は悲しみと出逢（であ）うということであり、その悲しみが皆かたちを違えているのは、〝人間の生〟の複雑な所であり、多面性をかかえて生きている証（あか）しでもある。それが事実であるとしたら、悲しみの只中（ただなか）にいる人に、そう簡単に慰めの言葉や、軽口を叩（たた）いてはいけないことになる。基本は見守ることであろうが、それでも私は〝悲しみにはいつか終りが訪れる〟と敢えて言うようにしている。

悲しみとは違うが、あの〝球聖〟と呼ばれたボビー・ジョーンズが、あそこまでのプレーヤーになれたのは、初めての全英オープンであまりの自分の不甲斐（ふがい）ないプレーに逆上し、クラブを放り捨ててプレーをやめたことがきっかけであった。生涯彼はその行為を恥じていた。

そのボビー・ジョーンズが、年始めのゴルフ、つまりその年初めてのゴルフのアドバイスとしてこう言っている。

〝やっとゴルフコースに出て、**今年初めてのショットの時は、はやる気持ちを**

おさえて、ともかくゆっくりスイングすることだ〟

あの〝球聖〟でさえ、急いでしまったのだろう。それほどゴルフには魅力があるということか。

アメリカ合衆国／オーガスタ、スコットランド／ドーノック、宮城／仙台、東京

Augusta, U.S.A. & Dornoch, Scotland & Sendai, Miyagi & Tokyo

読むゴルフ

去年の春からの一年、日本列島は週末になると天候が芳しくない日が多かった。

こう書くと、天候のデータでも取っているのではないかと誤解されてしまうが、そうではない。

私の仕事は机についたまま原稿にむかい、その時間の量と質が問われる。だから原稿を書きながら飛び跳ねることもないし、急に走り出したりもしない。黙々と同じ姿勢で一ヶ月の大半の時間を過ごす。

当然、運動不足になる。それでも五十歳を越える前までは学生時代に懸命にプレーした野球のハードなトレーニングで培った体力があった。ところが少しずつ体力の貯金は目減りする。そこで何か運動をというので以前からやっていたゴルフを二週間に一度ラウンドすることにした。

文壇ゴルフでご一緒した作家の城山三郎さんから「ゴルフをおやりなさい。十年は長生きします」と言われたことも理由だ。

机についてばかりでは気も滅入る。ゴルフはそんな精神の気分転換にもなる。そうしているうちに、この数年ゴルフが楽しくなった。

ところがこの一年、週末が雪や春の嵐や秋の台風……と悪天候に見舞われた。それだけではなかった。何ヶ月か先の平日に友人とラウンドの約束をしていると、その日に嵐が来たり、思わぬ雪が降ったりした。

「あなた、少しおかしいですね。これだけあなたのゴルフの日と悪い天気が重なるのは」

家人が首をかしげて言った。

——何を言いたいんだ？

こちらはそんなこととっくに気付いてるんだ。相手はお天道様だ。どうしようもないじゃないか。

まるで少年の頃、野球のゲームが雨で中止になってうらめしそうに雨を見ていた日と同じである。

それで或る日、〝晴耕雨読〟なる言葉を思い出し、雨の日に少しゴルフのことを考えてみよう、ゴルフの本も少し手にしてみようと思った。

今から十数年前、私は某雑誌の企画で世界のゴルフコースを巡る旅をした。五年間で七、八十の名門と呼ばれるゴルフコースを写真家、宮本卓氏と訪ねた。その折、私はゴルフの名著と呼ばれる本を訪ねたスコットランド、アメリカなどで買い求めた。同時に日本人の手になる本も読む機会をもった。

それらを去年、書棚から出し、悪天候の日に読んでみた。

「読むゴルフ」である。

ボビー・ジョーンズの『ゴルフのすべて』、ベン・ホーガンの『モダン・ゴルフ』、夏坂健の『わが心のホームコース』、ハーヴィー・ペニックの『レッド・ブック』などである。

ハーヴィー・ペニックの『レッド・ブック』は別名〝私のちいさな赤い本〟と呼ばれ、まことに奥が深い。このお洒落（しゃれ）で紳士のハーヴィー老人はトム・カイトやベン・クレンショーを育てたプロである。この人の教え方の特徴は、ひとつの型に生徒をはめることは決してせずに、その生徒に合ったゴルフを教え、体得させることだった。だからレッスンを受け、マスターズチャンピオンにまでなったプロのスイングは皆個性があった。レッスンの理想であろう。

面白い逸話がハーヴィー老人にはある。

その週の後半、ハーヴィー老人の生徒であるベン・クレンショーがマスターズトーナメントで奮闘し、最終日を最終組でプレーし、優勝に手が届くかもしれないところまで来た。最終日の朝は日曜日である。ハーヴィー老人の住むちいさな町では教会でミサがあった。すると神父が最初にこう言った。

「ゴルフをする人も、しない人もいらっしゃるのを私はよく知っていますが、今日、この町でハーヴィーの生徒だったベンがマスターズの優勝争いをするかもしれません。どうか今日だけ彼がベストを尽くせるように祈ってあげて下さい」

私はこういう逸話が大好きである。

その日の夕刻、チャンピオンカップを手にしたベン・クレンショーが目に一杯の涙をためて、このカップを早くハーヴィーに届けたい、とコメントした。

ゴルフもなかなかだと思いませんか。

夏坂健のゴルフの文章など読み出せばワクワクして眠れなくなる。彼がどんなに素晴らしい作家だったかを知りたければスコットランドの北部にあるロイヤルドーノック・ゴルフクラブのジュニアのカップをご覧あれ。名著以外のものを残している。

そんな折に、アマチュアゴルファーの代表の阪田哲男氏が『「ゴルフ力」の鍛え方』なる一冊の本を出した。

厳しい内容だが、それがこれまでの日本のゴルフの本に欠けていた。

〝変化を恐れるな〟〝言い訳はするな〟〝視線を上げろ〟こんな言葉が章のタイトルになっている。ゴルフだけではなく仕事、生き方にも通じる。

とは言え、これらの本の最終ページを閉じた後、庭先に降り続ける雨を見て、舌打ちしてしまう私は、野球少年のままである。

ただ〝読むゴルフ〟は妄想の中では何やら気分の良いラウンドではあった。

スコットランド／テイン

Tain, Scotland

私は、世界中で、
ここからの眺めが一番好きなんだ

――ゴルファーの男性

今でも酒場や、ゴルフコースのクラブハウスでの談笑の時間に、ゴルフ好きの人から、「これまでラウンドしたゴルフコースでどこのコースが一番良かったですか？」

と質問を受けることがある。

ゴルフ好きには、仕事以外の時間でも何かにつけてゴルフのことを考えている人が多い。

銀座の酒場でも、少し離れた場所で、あのコースの12番は、とか、あのコースの3番のバンカーは手強（てごわ）いとか、大人の男たちが数人でゴルフの話をはじめて、私の方は友人とひとしきり話をして、さあそろそろ引き揚げるか、と周囲を見ると、先刻、ゴルフ談議をはじめた男たちが、まだゴルフの話をしていたりする。

――もう二時間が過ぎていないか……。

と呆（あき）れると同時に、大人の男の遊びとして、これほど夢中でひとつのスポーツのことを話せることに感心するし、同時に大人の男たちを魅了するゴルフの力に驚く。

なぜゴルフが、それほどまでに男たちを熱狂させるのか？

私が思うに、ゴルフというスポーツだけにある、他のスポーツとは違って顕著にあらわれる、或る瞬間のせいではないだろうか。

それは九十九回の失望の瞬間と、一回の歓喜の瞬間のせいではないかと想像する。ところがゴルフをしない人から見れば、九十九回も失望をくり返すのなら、それはゴルフをしている間中、失望しているのではないか、そんなことをわざわざ半日なり一日の時間を取り、グリーンフィーまで支払って、なぜ大人の男たちがやるのだ、と思われよう。

ところが、この一回だけの歓喜というのが、クセモノなのである。その歓喜を得た時、大半のゴルファーは九十九回の失望を頭の中からすっかり忘れ去ってしまうのである。

——嘘（うそ）でしょう？

そう思う方が正常な大人の物事への洞察、判断であるが、本当のことなのである。

——でもプロゴルファーはそんなに失敗をしてないんじゃないですか？

たしかにそう見えるが、プロゴルファーとアマチュアゴルファーではゴルフが根本的に違っている。彼等（かれら）はゴルフをすることが仕事である。さらに言えば、その折々の競技、勝負に勝って金を得ることを生業（なりわい）としている。私に言わせれば、いい大人が棒切れでボールを打って、穴ボコに入れて、金を得るという行為が、果して大人のやるべき仕事なのかという疑問はある。それを言い出すとプロスポーツには皆同じように疑問を抱かざるを得ないが、ゴルフに関しては、アマチュアとプロの在り方の違いは歴然としている。アマチュアゴルファーの方が、プロに比べてあきらかに品性という点ではまさっている気がする。それは仕方がない。金が懸って行なうものは、たしかに業欲、卑しさが出るのはいたしかたない。ではアマチュアゴルファーのすべてが品性があり、卑しくはないかと言うと、大半は品性に欠けるし、卑小なものを剝き出してプレーする人が多い。しかしよくしたもので、先に述べたように、九十九回の失望をくり返しているうちに、そんなものを剝き出しても何にもならないし、このスポーツのすべてではないことがわかってくるのである。

〝辛苦、辛酸だけが人間を育てる〟とはよく言ったものである。

この頃、ゴルファーを見ていて、良いゴルファーになるためには、やはり歳月が必要なのではないかという気がする。歳月と書いたが、ゴルフを長い間やり続けていることを言っているのではない。人間としてきちんとした歳月とむき合ってきたかということだ。そう感じる人は六十五歳を過ぎた人に多い。プレーを見ていて、

——この人はどんな苦難に遭い、そこから目をそむけずに挑んだのだろうか。と想像してしまうことがある。

そういう人のプレーは、ショットの具体的なことより、もっと大事なものを教えてくれる。

——そうか、ああいうこころ構えが必要なのかもしれない。あのこころの置き方なら物事を難しくしなくとも乗り越えられるかもしれない……。

少しオーバーに聞こえるが、ゴルフというスポーツには同伴競技者に何か示唆を与えてくれるものがあるものだ。

Ｔａｉｎ Ｇｏｌｆ Ｃｌｕｂというコースを知る日本人はおそらく数少ないであろう。スコットランドの東海岸にあるのだが、セントアンドリュース、カーヌスティ、ターンベリーと言った全英オープンを何度も開催した名コースではない。

ゴルフの取材でスコットランドへ出かけた時、一日休日が取れたので、相棒のデザイナーに、有名なコースではないコースでスコットランド人のゴルファーを見てみないか、と提案し、二人して出かけた。ティータイムも簡単に取れた。

ゴルフコースに着くと、雨が少し落ちて来た。でっぷりした女性が、プレーのこと、ロッカールームのことを説明してくれた。二人だけだから、地元のゴルファーが一人入って来た。

ティーグラウンドにむかうと、今日の風は手強いぞ、いい一日をな、と見知らぬゴルファーが声をかけてくれた。3番ホールを上がった時には横風と雨で指がかじかんでプレーにならない。ところが傘を差しセーターの上にレインウェアーを着た私たちに対して、そのスコティッシュのゴルファーは半袖で傘も持たない。クラブも肩から担いでいた。小柄な男だったが、どんなショットを打つ時も真剣な目で、しかも低い弾道のボールを打ち続け、私たちがパットをする時はきちんとピンを持ってくれた。

——寒くはないのか。

と思ったが、彼のプレーを見ているうちに私たちも傘をたたみ、濡れたグローブを仕舞い、彼同様に素手でプレーした。

コースは上がり12ホールをトム・モーリスが設計しただけあってタフであった。〝アルプス〟と名称のある11番に来て、山の頂きのようなフェアウェーに立つと、そこから北海がひろがっていた。その時、男が言った。

「**私は世界中で、ここからの眺めが一番好きなんだ**」

今でも、そう言って白い歯を見せた男の横顔を思い出すと、ゴルフの真髄を教えられた気がしてならない。

ゴルフ場は美しい場所でもあるのだ。

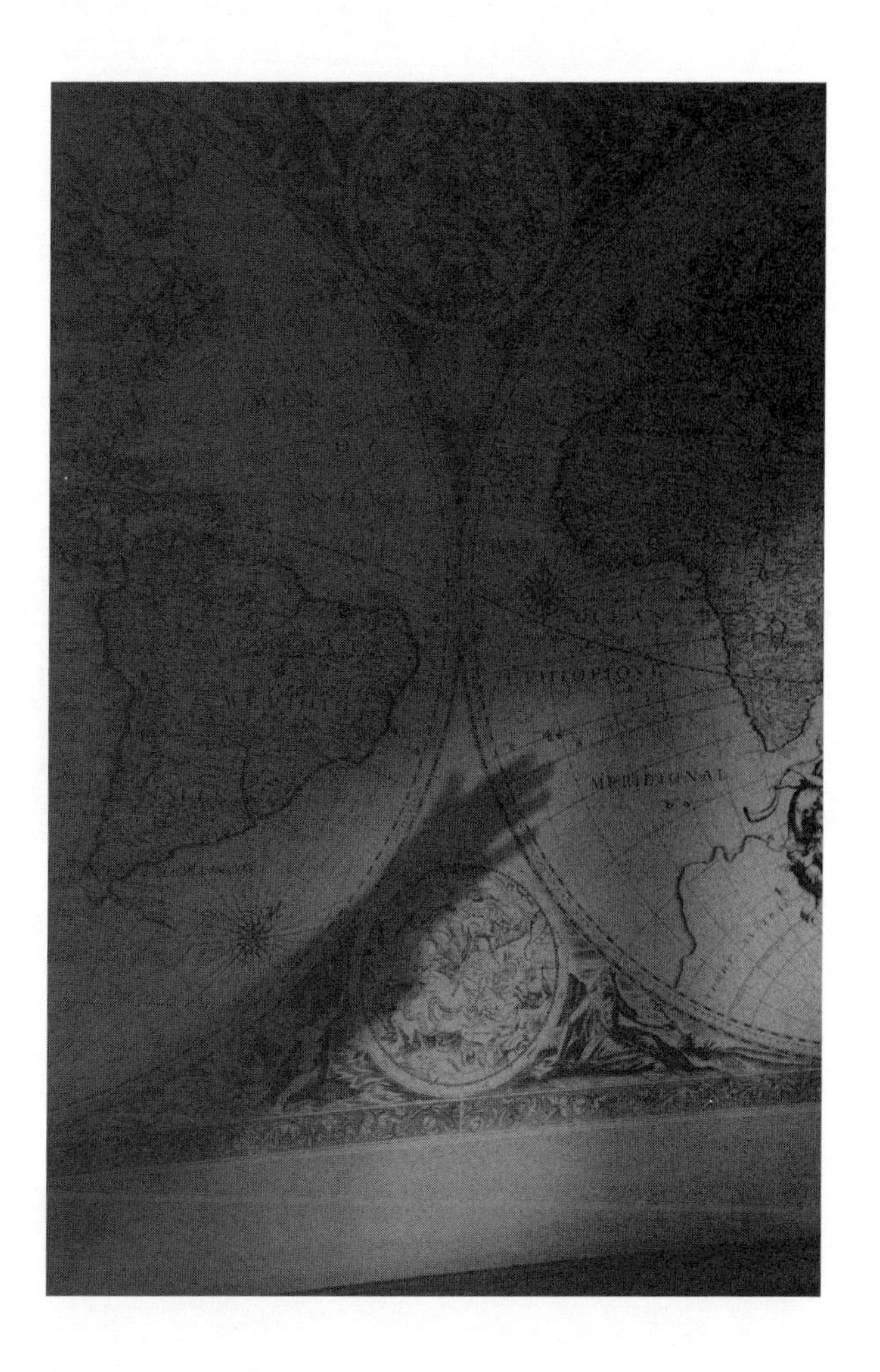

アメリカ合衆国／ニューヨーク、宮崎、東京

New York, U.S.A. & Miyazaki & Tokyo

一度も誉められたことはありません

――松井秀喜

日本のプロ野球も開幕し、海のむこうではメジャーの野球もはじまった。

今年はニューヨーク・ヤンキースに楽天イーグルスの優勝の原動力になった田中将大が入団し、その活躍が注目されている。

この原稿を入れている時点ではデビュー戦の結果はわからないが、日本のマスコミが語るところでは、デビューの年に活躍ができなかったらどうするんだ、という意見があるという。そのことでヤンキースに在籍し、ワールドシリーズで日本人初のMVPも受賞した松井秀喜君が興味あることを私に話してくれた。

「田中投手が入団一年目で何勝できるか、と日米のマスコミは書き立てていますが、そんなことに惑わされてはダメですね」

「ほう、そうなのかね?」

「はい。今、彼がヤンキースと交わした契約金の額が多過ぎるという報道がありますが、彼が交わした契約は七年ですから、七年の間でその契約にかなう成績を上げればいいんです。それが彼にはできるとヤンキースの目利きのスカウトたちがピッチングを見て判断したんですから。だから一年目に無理して肩をこわしたりしたらダメなんです。田中君は若いし、これから成長します。その将来を含めてヤンキースの勝利に貢献するのがプロの仕事なんです」

——なるほど……。

その話を聞いていて、東京読売巨人軍の、日本球界の屈指のスラッガーがメジャーに挑戦した十一年前の春を思い出した。

「命懸けで戦ってきます」

と若者は記者会見で言った。

——そこまで口にすることはないのに……。

と思ったが、あの頃はそういう状況であり、実際、松井選手はシーズンインしての五月、六月は身体がボロボロになっていたが決してそれを口にしなかった。田中投手に同じ辛さを味わわせたくないというのと、投手というポジションは身体をこわすと取り返しがつかなくなるのを知っているからそう言ったのだろう。

今春、松井君が帰国し、古巣のジャイアンツの臨時コーチにのぞむ数日前に連絡があった。

「少し身体を動かしたいんですが。伊集院さんゴルフは行かれてます？」

何を言いたいのかわからなくて、

「ゴルフが好きになったの？」

と訊き返すと、そうではなくてランニングする場所を探しているという。

「都内のジムがあるでしょう」

「ジムだとコンクリートや固い地面を走るので膝が心配で……」

——そうか、引退して一年になるのに、彼の膝はまだそんな状態なのか。

あらためてMVPを獲得した時でさえ膝の痛みと闘っていたことを再認識した。

二日ばかり私がボールを打っているフェアウェーで黙々と走るスラッガーを見ていた。

なぜそこまで身体の準備をして宮崎に行くのだろうか。バッティングゲージのうしろからアドバイスをすればいいのではないか。

私の想像はまったく違っていた。

松井君は宮崎のキャンプ中に千球以上の球数をバッティングピッチャーとして投げた。

——そこまでやるつもりでのぞんでいたのか。

正直、驚いたし、彼が考える野球の指導法を教えられた気がした。彼が宮崎に行ったせいだけではないだろうが、今春のジャイアンツのキャンプを見物に出かけたファンの数は長嶋監督時代以来の盛況振りだった。根強いファンがいるのだ。

東京に帰った彼と食事をした。

その折、興味ある話を聞いた。

「いや、あんなに一生懸命とは驚いたね」

「そんなことはありません。自分が先輩からしてもらったことをしただけです」

長嶋監督が松井君にトスバッティングのボールを投げていたシーンがよみがえった。

「ところで素振りというか、現役時代に毎晩くり返していたスイング練習はどこでもすぐにしてたの？」

「そうですが、できれば静かな場所、時間の時に私はスイング練習をしました」

「静かな？　静寂な場所ということ？」

「そうです。例えて言うなら水の動きも止まっている池の水の上のようなところに立っているイメージがベストです」

「ほう、それはどういうこと？」

「長嶋監督がその音が出るようになるまで振り続けろと言われたスイングの音を自分の耳でたしかめたかったからです」

私は水の上に立つ大打者の姿を想像し、胸の中で感銘を受けた。そのようなことを二十年間彼は黙々と続けていたのか。

「選手生活の後半はさすがに長嶋監督もスイングを誉めていたでしょう」

「いいえ、**一度も誉められたことはありません**」

「えっ！　そうなの」

彼は唇を真一文字にしてうなずいた。

その松井秀喜が引退した時、彼が不調の折、ニューヨークにまで駆けつけた長嶋茂雄がコメントを出した。

「松井秀喜君は私がこれまで見て来た中の最高のスラッガーでした」

二人の間で、生涯一度だけの賛辞である。

マー君、ゆっくり成長する木は大木になるそうだよ。ガンバレ、マー君。

東京／後楽園スタヂアム
Korakuen Stadium, Tokyo

あの時、メジャーに行っていれば
それなりのプレーはお見せできたでしょう

――長嶋茂雄

先日、テレビで病気から復帰した長嶋茂雄さんのインタビューを見た。

若いタレントさんの質問に誠実に答える長嶋さんの元気な姿に胸が熱くなった。

熱狂的なミスターのファンはどれほど嬉(うれ)しかっただろうか。

長嶋さんはリハビリでの心境を斯(か)く語った。

「身体が動くようになった時、まず起きれるようになろう。起きれるようになったら次は歩き出そう。歩けるようになった時には次はランニングができるようにしよう。それをひとつひとつできたのは野球があったからですね」

長嶋さんらしい言葉である。そのリハビリがどれほど苛酷なものであったかは周囲の人たちがよく知っているはずだ。

ひとつのスポーツが大衆をとりこにさせる時は新しいスターの出現が不可欠だ。それまで大衆が見たこともない魅力あるヒーローがあらわれた時、人々はヒーローの存在とともに、そのスポーツの素晴らしさを知る。

アメリカ、メジャーリーグが今日あるのはホームラン王ベーブ・ルースの力に依(よ)ることが多い。人々はベーブ・ルースのホームランを見にヤンキースタジアムにこぞって出かけ、あの美しい放物線を描いてスタンドに飛び込む打球にこころを奪われ、野球というスポーツの魅力を知った。

戦後、日本のプロ野球の隆盛を作ったのはこの人の力である。東京六大学のヒーローが戦後最高のルーキーとして登場した春は、まさに日本のプロ野球に彗星のごとく、スターが登場した年だった。あれほどのルーキーは平成の今もまだあらわれていない。

華麗な守備、天覧試合のホームランが証明する晴れの舞台になればなるほど活躍する勝負強さ。闘志あふれるプレーで〝燃える男〟と呼ばれた。あの闘志は今ならプロゴルファーのタイガー・ウッズと共通していた。

しかし大衆が何よりも惹かれたのは長嶋さんの、あの明るい性格と屈託のない笑顔であろう。チャーミングであったのだ。いったい何人のファンが、あのプレー振りを見て仕事の、日々の疲れを癒されたことだろうか。

五年近く前、或るテレビ局の番組で私は長嶋さんと長時間の対談をする機会があった。ひどく緊張して出かけた後輩の私（私は長嶋さんの大学の野球部の後輩である）に明るく声を掛けて下さり、私の著書をさりげなく誉めてもらった。

対談は長嶋さんの少年時代の思い出からはじまった。

「佐倉（長嶋の出身地の千葉の町名）以外であなたの故郷があるとしたらどこでしょうか？」

「私の故郷がもうひとつあるとすれば、それは後楽園のあのホットコーナー（三塁の守備位置の別称）とバッターボックスでしょうか」

——いい答えだな……。

〝長嶋語録〟といわれるものがあるが、私は対談の間、長嶋さんが頭脳明晰（めいせき）なのに驚いた。

その対談で私は、現在メジャーのヤンキースでプレーしている松井秀喜選手のことにふれた。松井選手をドラフトで引き当て、あれほどの選手に鍛え育てたのは長嶋さんである。

「何十人かの選手を育てましたが、松井選手はトレーニングすることを惜しまなかったという点では、一、二番目でしょう。夜中のどんな時刻に連絡しても彼はバットスイングをしていました。あの姿勢があったから育ったんです」

実は長嶋さんが大学の野球部の時代に〝鬼の砂押〟と呼ばれた砂押邦信監督と猛練習をしたことは私も野球部の時に伝説として聞かされていた。私も一度、砂押さんにバッティングを教わり、すでに好々爺（こうこうや）の印象があったのにその指導の厳しさに驚いたことがあった。

対談がメジャーの野球の話になった。

「現役の時、メジャーでプレーをしてみたいと思われたことはありますか」

私の質問に長嶋さんは急にニヤリと笑われた。

「実は一度だけメジャーでプレーする機会がなくもなかったんですよ」

「えっ、いつのことですか」

昭和四十一年、日米野球の親善試合が開催され、当時チームを率いて来日していたドジャースのオーナーのウォルター・オマリー氏が帰国前に招致側の代表である正力松太郎氏との会食の席で、或る申し出をした。

「正力さん、来年、我がドジャースはぜひワールドチャンピオンを奪還したい。ついてはお願いがあります。あのナガシマを数年でいいから私のチームにレンタルしてくれませんか。必ずお返ししますから」

正力氏は驚き、即座に言ったという。

「長嶋君が今、日本のプロ野球界からいなくなったら大変なことになる。その話だけは聞けません」

長嶋さん、この話を後日、正力氏から聞いた。

「そんな話があったのですか……」

「ええ、私もプレーヤーですから、もしその時どうするかとオーナーから訊かれればプレーしてみたいと言ったかもしれません。バリバリの現役でしたからね。**あの時、メジャーに行っていればそれなりのプレーはお見せできたでしょう**」

そう言って長嶋さんは嬉しそうに笑った。

夢のような話だが、上質な逸話だった。

長嶋さんは今も懸命にリハビリをなさっている。先日のインタビューで、長嶋さんが語られたリハビリにむかう真剣な姿勢を知って思った。

今、日本全国でリハビリに励んでいるたくさんの人と家族が長嶋さんからどれだけ勇気を与えられているだろうかと。

どんな時でも人々に勇気を与え続ける、長嶋茂雄は真のヒーローなのだろう。

アメリカ合衆国／ニューヨーク、キャッツキル

Catskill, New York, U.S.A.

「チャンピオンになったらスタローンに逢えるかな」
「そうじゃない。スタローンの方から君に逢いに来る」

——マイク・タイソン&カス・ダマト

ボクシング観戦が好きである。

あらゆるプロスポーツの中でボクシングほど過酷なスポーツはないと思っている。

少年の頃、町にボクシングジムができて、そこへ通いたいと言ったら、母親が、お願いだから、母さん、あなたのぺしゃんこの鼻を見たくないから、と言われ断念した。

あれだけ荒っぽいことをする父親には鼻のことなど口にしないのに、息子にはそう願うのかと、愛情なのかどうかよくわからない言葉だった。

マイク・タイソンが登場した時、このボクサーはカシアス・クレイを越えて今まで最強なのでは、と思った。

マイク・タイソンのボクシングと彼の半生を辿る旅に出たのは、十三年前の夏のことだった。

まずはニューヨークへむかい、タイソンがプロデビューするまで過ごしていた家とジムを見学に行った。ニューヨークから車で一時間半、キャッツキルというちいさな街を訪れた。

最初にジムを訪問した。街の警察署の二階にジムはあった。そこでかつてタイソンがこのジムで毎日トレーニングをしていた頃に、コーチの助手だった男に逢い、タイソンのトレーニング用のテープを聞かせてもらった。テープには一人の男の声で、1、2、3、12、13、14と数字を読んでいるものが入っており、その声のとおりに三分間、一分間のレスト、そのくり返しでハードなトレーニングをしたという。

その声の主こそ、タイソンを世界王者、チャンピオンに育て上げた人である。

カス・ダマト。その時には彼はもう鬼籍に入っていた。

タイソンに出逢う前に、カス・ダマトは二人のチャンピオンを育てていたが、カス・ダマトの辛辣なボクシング界への批判、態度でボクシング界から干されていた。

或る時、少年院へボクシングのコーチに行っている彼の弟子が、一度、見て欲しい少年がいるので逢ってもらえないかと申し出た。カス・ダマトは少年院を訪れ、小柄な若者であったタイソン少年のトレーニングを見る。ほんの数分間、カス・ダマトは少年のスパーリングを見て、少年と話がしたいと言う。

そうしていきなり少年に言った。

「チャンピオンになりたいかね?」

少年はいきなりの言葉に戸惑いながらも、ちいさくうなずく。

「うなずくんじゃなくて返事をしてくれ」

「イエス」

と少年は小声で言った。

「私の言うことをすべて聞き、それを守ると約束し、それがすべてできるなら、君はチャンピオンになれるだろう」

少年は老人の顔を見返し、しばらくしてこう言った。

「チャンピオンになったら、シルベスター・スタローンに逢えるかな？」

ご存知だと思うが、スタローンは、爆発的なヒットをしたボクシングの映画『ロッキー』の主役を演じた俳優である。少年はその映画の大ファンだった。

少年の質問に老人は表情ひとつ変えずにこう答えた。

「そうじゃなくて、チャンピオンになったら、スタローンの方から君に逢いに来るだろう」

少年は目をかがやかせて老人を見上げた。

カス・ダマトは少年を少年院から引き取り、彼のキャッツキルの自宅に住まわせ、社会人として必要なことを学ばせ、ボクシングのトレーニングをはじめた。

カス・ダマトは少年がなぜ施設に入らねばならない札付きのワルになったかを調べる。最初の暴力は少年が飼育していたハトを近所の悪ガキたちが殺してしまったからだった。

老人は少年にハトを飼育してよい許可を出し、家にしっかりしたハト小屋を二人して建てる。

ボクシングのハードなトレーニングも毎日したが、同時に老人は少年に〝闘い〟の基礎を教える。それは〝恐怖〟というものへのコントロールをどうするかであったり、トレーニングを休むとどうなるかなどということを話して聞かせた。例えば……、

「一頭のライオンが潜んでいる森の中に、一頭の鹿が入って行ったんだ。しかしその鹿は大変にかしこい鹿で、森の中にすでに何かが潜んでいることを察知していたんだ。でもその森を抜けなければ鹿の餌のある場所にいけない。どうなったと思う?」

という教育だった。

「殺されてしまったんでしょう」

「いや違う。ライオンが襲ってくるタイミングと距離を鹿はわかっていた。その上鹿は普段からせいぜい一〇フィートしか飛び跳ねないが、その時は三〇フィートを飛躍した。どうしてだかわかるかね？」

少年が首を横に振ると、老人は言った。

「自分の中の〝恐怖〟を鹿はコントロールできていたんだ。〝恐怖〟をコントロールできれば生き物は普段の何倍もの能力、つまり潜在している力を出すことができるんだ。〝恐怖〟は生きて行くために必要なものなんだ」

……といった授業だった。

カス・ダマトは二年で少年を、若者をチャンピオンにする計画を立て、日々ハードなトレーニングをさせ、着実にデビュー戦から勝利し、一年半でマイク・タイソンという素晴らしいチャンピオンを誕生させた。

世界で最強のヘビー級のチャンピオンになった王者はむかうところ敵なしであった。

しかしすでに老いを迎えていたカス・ダマトが亡くなる。

そこからタイソンの悲劇がはじまる。

カス・ダマトが生きている間はできていた自制心が崩れて行く。豪邸に住み、何百羽のハトを飼い、庭にはタイガーまでペットとして住まわせる。果てしない浪費が続く。妻に暴力を振るい、対戦相手との記者会見で暴力沙汰を起こす。アメリカの各州が彼のファイトを許可しなくなる。

私は、そんな状況下でのタイソンのファイトを三度、観戦した。インタビューを申し出ると法外なインタビュー料を要求された。それなら実戦を見るしかない。間近で観戦したかった。リングサイドは日本円で百万円以上したが何とか工面して観戦した。初めての観戦でタイソンのパンチが空振りした時の、その空を切る音に、当たったら死んでしまう、と正直思った。一勝二敗であった。

先日、日本のテレビでひさしぶりにタイソンを見た。あの頃の顔とまるで違っていた。

それが人間なのだろう。テレビの中のタイソンを見ているうちに、キャッツキルで見たちいさなジムと、残っていたカス・ダマトの庭にある、ハトの居ない鳥小屋がよみがえった。

それが〝恐怖〟でなくとも、私たちは何かを自制せねば生きて行けないのだろう。

映画俳優の方から逢いに来るさ、と言われた時、少年はどんなふうにかがやいていたのだろう。

旅だから
出逢えた
言葉―Ⅲ

アメリカ合衆国／ニューヨーク、フランス／パリ、スペイン／マドリード

New York, U.S.A. & Paris, France & Madrid, Spain

ようこそ美術館へ

美術館が、世界の各地で新しく誕生したり、リニューアルオープンを、ここ二十年近く続けている。

今号を読者の皆さんが読まれる頃には、ニューヨークに素晴らしい美術館がリニューアルオープンしている。ホイットニー美術館である。一九三一年にグリニッジ・ヴィレッジにオープンしたこの美術館はアメリカの現代美術を紹介し、特に存命中のアーティストに注目し、さまざまな展覧会を開催してきたことで知られている。二十世紀以降の現代美術の聖地のひとつと呼んでいい。新しい美術館はミートパッキング地区のハドソン河沿いに建てられ、その設計はパリのポンピドゥー・センターを設計したイタリア人設計家のレンゾ・ピアノである。広さも二倍になり、教育センター、読書室、シアターも併設するというからニューヨークの新名所になるだろう。

去年の秋、コングロマリット（複合企業）のＬＶＭＨがパリのブローニュの森の一画に美術館をオープンさせ、フランク・ゲーリーの設計した建物とともに話題になり、パリの新名所になっているという。

フランク・ゲーリーが設計したスペイン北部のビルバオにあるグッゲンハイム美

術館には一度訪れた。ピカソの作品で有名になった、第二次世界大戦でナチスの無差別爆撃に遭ったゲルニカの町にある一本の木を見に出かけた折に、ビルバオのグッゲンハイム美術館に立ち寄った。閑（しず）かな山村の中に、突然、奇異な建物が目に飛び込んで来た時はさすがに驚いた。

——これからの美術館は、ただ芸術作品を展示するスペースではなくなるのか……。

と少し不安になったのを覚えている。

ビルバオの町はこの美術館ができたせいで観光客が増え、賑（にぎ）わっているという。

私が不安を抱いたのは、大胆な設計の建物がこの先、何年その様相を保ち続けられるのだろうかということだった。

紹介した美術館は展示物のほとんどが現代美術で、何百年と保存されて来た作品はないから、新しい時代に、新しい作品とともに栄え続けるのかもしれない。

大人の役割のひとつに、新しいものに接する時、これまで目にしたことがないものを前にした時、それまで以上に、その対象をよく観察し、どこが優秀で、それまでにないゆたかなものが創造できるかを判断しなくてはならないことがある。本物の創造物というものは私たちの情緒をゆたかにしたり、さらに言えば喜びを与えるものであって欲しい。

美術品を大衆がこぞって見に出かけるきっかけになったのは、私の記憶では、フランスの皇帝ナポレオンの時代である。ナポレオンがヨーロッパの国々を征服して行った折、敗戦国に統治できる都市と賠償金を要求するのが当時の戦争の終り方だった。その折、ナポレオンはお金だけではなく、遠くパリで待つ市民たちに戦勝の象徴として、敗戦国にあった芸術品の提出を求め、まだ先になる凱旋(がいせん)の前にパリ市民に戦勝品を見せ、皇帝としての力を誇示しようとした。イタリアなど各地から多くの彫刻、絵画がパリに運ばれた。それをパリ市民に見せるために、それらの芸術品をまとめて展示するスペースが必要だった。それが、十二世紀以前の城塞で、その後、ルイ十三世、十四世の時代に「王の絵画の間」としていたグランド・ギャラリーがあった場所が選ばれた。すでにアカデミーとしても使用されていて、学問と芸術のあらゆる記念碑的な作品を収集する場所になっていた。それがルーヴル宮であり、今のルーヴル美術館がある場所だった。ナポレオンなきあと、ナポレオン三世が復活させるなどの歴史があり、今日に至っている。

王とアカデミー会員のものであったギャラリーを最初に市民に解放したのがナポレオンというのが面白い。


「どこの美術館が一番良かったですか？」

時折、こういう質問を受ける。

この二十年間で世界中のさまざまな美術館に出かけたので、ここが特別良いという選択はできない。

子供の時、母に連れて行ってもらった倉敷の大原美術館は大人になって訪れてみると、まるで印象が違った。子供の目には厳粛な空間に感じられておそるおそる作品を見た記憶があるが、数十年後にはとても開放的で素晴らしい美術館に感じられた。

思い出が多いのはパリのオランジュリー美術館や、オルセー美術館だろう。勿論、ルーヴル美術館はまだ見ていない作品がたくさんある。

強く印象に残っているのは〝絵画の旅〟で最初に訪れたスペイン・マドリードに

あるプラド美術館だ。ベラスケス、グレコ、ムリーリョ、ゴヤ……の作品を初めて目にした時の感動は今もはっきり覚えている。美術館の鑑賞のしかたを知ったのもプラド美術館である。それはエウヘーニオ・ドールスの美術館の鑑賞案内の本で『プラド美術館の三時間』。ここにまず美術館の外観、プラド美術館のたたずまいと入口のヒマラヤ杉との調和が書いてあった。そうして三時間以上、美術鑑賞をするものではないと書いてあった。それが九十数年前に書かれた本だから驚いた。

美術館のある場所も、鑑賞者に何かを与えてくれる。バルセロナのモンロッチの丘にあるミロの美術館も、フランスの地中海沿いのアンティーブにあるピカソ美術館も、庭に出て眺めた風景が美しかった。

まだ訪れていない美術館で、いつか訪ねてみたい美術館はたくさんある。

どの美術館にも共通しているのは、館の前に立つと、〝**ようこそ美術館へ**〟というやわらかな声が聞こえる気がする点だ。

モネは眼の人である。
あの眼こそモネのすべてである

——ポール・セザンヌ

セーヌ河はパリの象徴のように呼ばれるが、フランス東部のラングル高原を水源として七百八十キロにおよぶ大河は、パリのみならず北フランスのさまざまな街と村々に大きな恵みを与えている。河はかつて重要な水路であり、パリはフランスでも五本の指に入る港町のひとつだった。だからパリには今も港、船着き場の名称が残った町名や通りが多くある。セーヌはフランス絵画史の中でも重要な役割を果している。あの印象派の画家たちが好んで住み、絵の題材になったのも河畔の町々の美しい風景である。ポール・マルリー、アルジャントゥイユ、ジヴェルニーといったのどかな町に、アルフレッド・シスレー、クロード・モネ、ピエール＝オーギュスト・ルノワール、カミーユ・ピサロ……などの印象派の画家たちが住み、数々の名作を残している。

その画家たちの中でもとりわけセーヌをこよなく愛したのはクロード・モネであろう。

今の季節ならモネが晩年を過ごしたジヴェルニーの家の庭には何十種類もの花が咲いていて、訪れる人を楽しませてくれる。当時、ヨーロッパで流行したジャポニスムを受け入れ、日本を好んだ画家が睡蓮(すいれん)を描いた池にかかった太鼓橋が優雅に水面に映っているのだろう。

去年、長い工事を終えようやく新装となったパリのオランジュリー美術館をこの五月に訪れたが、自然光をとり入れた新しい館はジヴェルニーの光を感じさせる素晴らしい設計だった。モネと親しかった宰相クレマンソーと画家が望んでいた『睡蓮』を鑑賞するのにふさわしい部屋が二十一世紀になってようやく完成した。

モネがセーヌに人一倍愛着を持ったのは、彼が子供時代を過ごし、師となる画家、ブーダンと出逢（であ）ったのが、セーヌの河口の町、ル・アーヴルであったことも原因しているはずだ。

蒸気機関車が白煙を上げてパリの駅に入ってくる作品、近代社会に発展するパリの光景を描いた『サン・ラザール駅』。この駅はモネがパリへ入る折、故郷に戻る折に利用した駅であり、セーヌの流れに合わせるように北にむかう列車が発着する。後年の連作シリーズ『積み藁（わら）』や『ポプラ』、そして『ルーアン大聖堂』のシリーズもすべてセーヌ河畔にある村や町の風景である。ルーアンの大聖堂を描くためにモネは光の変容が特に美しい冬の日差しを選んで制作をしている。寒さに手をかじかませながら画家は創作したという。

今でこそモネは印象派を代表し、近代フランス絵画の巨匠と言われているが、その人生は決して恵まれたものではなかった。四十歳になるまでは画家の生活は苦難の日々だった。絵が売れるどころか暮しにさえ困ることが多かった。借金をしながらモネはそれでも懸命に絵を描き続けた。モネの生涯を見ていて感銘を受けるのはいかなる時にでも彼は絵画から離れようとしなかったことだ。絵画をあきらめたり、見放すことが一度たりともなかった。これが並の画家と違っていた。

モネが三十八歳の時、貧しい時代をともに過ごした妻のカミーユが三十二歳の若さで死んでしまう。死の床にある妻の顔を見て、画家は無意識のうちに絵筆を持っていた。それが『死の床のカミーユ・モネ』と題した作品で残っている。その絵はやはりモネの作品の中でも異質に感じられるし、筆致も荒い。それは当たり前のことだろう。若い妻を目の前で亡くし、冷静でいられる方がおかしい。ただこの時の心境を画家は親友の政治家、クレマンソーにこう語っている。

「私にとってずっと愛しく、その時も愛しかった死者の前で、私は絵筆をとっていたんだ。死が動かない顔に残した色彩の移り行く様子を、機械的に追いかけている自分に気付いて驚いたんだ。勿論、私から永久に離れて行こうとする者の最後の印象を残そうとする気持ちはあったのだよ。しかしその前に私の体の中の衝動が死の色彩からくる衝撃に反応して反射的に絵画を描いていたんだ」

これは有名な告白である。

おそらくモネは、その時の心境を正直に友に語ったのだろう。そうだとしたら画家という仕事は哀しい仕事である。この時すでにモネには他に愛する女性がいたという。それでも苦労をともにしてきた妻への情愛は失せるはずはなかろう。

オランジュリーで鑑賞する『睡蓮』と死の床の妻を描いた作品は対極にある気がする。

どうしてそこまで創作にすべてを委ねられたのだろうか。そんな時、モネと若い時代から親しかった画家、セザンヌの言葉が浮かぶ。

「**モネは眼の人である。あの眼こそモネのすべてである**」

セザンヌの言葉は友の絵画だけを語っているのではなく、そう生きざるを得なかったモネの人間そのものを語っている気がする。モネは絵画の中に彼のすべてをあずけたのかもしれない。

フランス／パリ、岡山／倉敷

Paris, France & Kurashiki, Okayama

いつの間にか絵を描いている自分に驚いた

――クロード・モネ

先日、亡くなった友人の四十九日の供養があり、その少し前に友人の母堂が息子が働いていた東京の職場に挨拶に来られ、生前の気配がまだ残っていそうな机をじっと見て、ここで息子は仕事をしていたのですね、と感慨深げにしておられたという話を聞いた。

母堂は蒲郡からわざわざ上京された。突然の訪問に職場の仲間は戸惑ったらしいが、皆すぐに母堂の心中を察して職場を案内したという。母堂は安堵して帰省された。大変に仲が良い母と子であったことも知った。母堂は息子の生前の働く姿を思い浮かべておきたかったのであろう。

この話を聞いて、私はいい話だと思った。

私にも同じような経験があった。

四十数年前の夏、私の弟が海難事故で亡くなった年の秋、母が私に突然、マーちゃん（弟の愛称）が毎日サッカーの練習をしていたグラウンドを見てみたいと言い出した。

「ああ、いいよ。そうしたいなら……」

私は母を連れて、彼が懸命にボールを追っていた高校のグラウンドに出かけた。

母はグラウンドを黙って見ていた。秋の夕暮れのグラウンドにはまだ夏草の匂いが漂っていた。そうして母はグラウンドの中に足を踏み入れ、ゴールの柱に手を掛け、これは何なの？　と訊いた。それはサッカーのゴールだよ。あっそう、と母は柱を撫でるようにして、一度応援に行ってあげればよかったわ、と静かに言った。私は鼻の奥が熱くなった。

世の中で何が悲しいかと訊かれれば、私は我が子を亡くした母の想いではないかと応える。母も三回忌までは、時折、今、弟の声がしたように思うと呟くことさえあった。母は今でも弟の名前を呼んで笑う。

家族を失くすことは、その死を容易に受け入れられないのが普通である。

パリと倉敷の二都で、残された人の哀しみが具象の絵画になったものを見たことがある。

一点はパリ、オルセー美術館で見た『死の床のカミーユ・モネ』と題された作品で、描いた画家は印象派の巨匠、クロード・モネである。

最初にこの作品を目にした時、これがモネの作品か、と疑った。それほど画家の他作品とすべてが違っていた。色使いも異様であった。奇異に映った理由は作品の説明を読んで理解した。

　モネの妻のカミーユの死を目のあたりにした画家は茫然(ぼうぜん)として当人も気付かぬうちに絵筆を取り、その顔、表情を描きはじめた。作品をご覧になった方は、おわかりと思うが、筆は乱れ、色彩もトーンを失なっている。

　モネはその折の様子を親友のクレマンソーに語っている。

「あの日私は私にとってずっと愛しく、またその時も愛しかった死者の前で絵筆を取っていたんだ。こめかみの冷たい色に目を止めた時、**死がその動かない顔に残した色彩が、次第にうつり変わっていく様子を、機械的に追いかけている自分に気付いて驚いた……**」

　妻は三十二歳で、画家は三十八歳だった。

　絵が売れず、貧乏な時に結婚し、ずっと画家を応援し、見守ってきた伴侶の死はいかばかりのものがあったのか想像もつかない。

　もう一点の作品には倉敷の大原美術館で出逢った。

『陽の死んだ日』と題した作品である。

　描いたのは、私が好きな日本人画家、熊谷守一である。

この作品もまた守一の一連の作品の中では異彩を放っている。一九二八年に描かれた作品でキャンバスの中心に死んだ我が子が描かれ、その周囲には大胆、いや乱暴とも思える筆使いで絵具が塗りたくられているように映る。

この時、守一は貧乏のどん底にあり、熱を出した次男の陽を医者に見せることもできなかった。その夜は長男の黄も熱を出していたが元々病弱だった次男の様子がおかしいので、あわてて氷を買いに行き、その身体(からだ)を冷やしたがいっこうに熱が下がらず、意を決して近所の医者を呼んだがすでに手遅れだった。

画家は哀しみ、悲嘆にくれた。

「この子に残してやれるものが何ひとつない」と思い、画家は自分にできることはこれしかないと息子を描きはじめた。しかし、我が子への思いではなく、絵を描いている自分に気付き驚いて、筆をとめた。鑑賞すると、やはり切ない画家の心中が伝わってくる。

画家にはもう一点我が子の死にかかわる作品がある。長女の萬が亡くなった時のものである。『ヤキバノカエリ』と題した作品で守一と次女、そして妹の骨壺(こつつぼ)を手にした長男がとぼとぼと坂道を歩いている姿が描いてある。この絵に登場する人物は画家を含めて顔の輪郭だけが描かれており、目も鼻も口も描いていない。陽の絵とはちがってこちらは八年の歳月がかかっている。画家の哀しみが見てとれる気がする。

守一は九十一歳になった時、記者のインタビューに応じ、それが一冊の本になっている。その中で、

「四十年過ぎた今でも、陽、茜、萬のことを思うと胸がしめつけられる」と語っている。

どんな事情があれ、家族を失くした人々の気持ちは、哀しみの只中から安易に逃れることはできない。そうしてそういう立場の人が、世の中には実に多くいることを私たちは知るべきであり、いたわる気持ちを持つ必要がある。

私は、それを、人間が生きる上で不可欠なものだと考える。

早く全額を頂戴いたしたく存じます

――フランシスコ・デ・ゴヤ

この数十年、海外に出かける旅が多かった。

体力があるうちに見ておきたい土地、文化遺産、絵画、スポーツのイベント……等を見て回ったのだが、その折々に雑記帳に書き置いていたものを、この年末・年始にかけて少し整理した。

ほとんどが雑記で、それもちいさな図面や絵であり、そこに自分だけがわかる注釈と日付があるだけのものだ。

整理して気付いたのだが、訪れた土地なり国の大半が海に面した場所だった。

私の生まれ育った所が瀬戸内海沿いの港町で、少年の頃から海の風や海潮音を感じて過ごしていたので、旅先の土地に海があるだけで安堵するのかもしれない。朝目覚めてホテルの窓を開け、そこに海景があればほっとするのは事実だ。かと言って内陸が苦手なのではない。この連載でスペインの旅のことを何度か書いたがどれも海辺の土地だった。

スペインには国の中心、内陸部にマドリードという素晴らしい都市がある。スペイン王国の首都であり、世界中の都と呼ばれる都市の中でも、その美しさは有名である。

マドリードには〝ヨーロッパの至宝〟と呼ばれる美術館がある。プラド美術館である。

マドリードを訪ねた旅人でこのプラド美術館を素通りする者はまずいないはずだ。それほど価値のある美術館だ。ベラスケスをはじめとする巨匠たちの作品が収められているが、プラド美術館の主役は、フランシスコ・デ・ゴヤである。『裸のマハ』『カルロス4世の家族』などゴヤの主要なほとんどの作品が収められている。

ゴヤが大衆に人気があるのは彼の絵画のわかりやすさと多岐にわたって作品を残した豊かさにある。プラド美術館はゴヤという画家が何たるかを時代を追って丁寧に展示してくれている。

ゴヤは宮廷画家であった。

スペインの山村、アラゴン地方のフエンデトードスという貧しい村で生まれた。貧乏な家の伜(せがれ)が王の画家となるまでの彼の人生の軌跡はなかなか面白い。画家としてのし上がりたいという若いゴヤの欲望の記録が手紙などに多く残っていて、それを読むとこの画家がとても人間味あふれているのがわかる。

ゴヤの作品がわかりやすいと書いたが、それは王のために描いた作品である。その作品とは別に何の目的で描いたのかはっきりしない戦争を批判した版画、人間の妄想を描いたものなどがある。その中の代表が画家が宮廷画家を退いた後に自宅の壁などに描いた〝黒い絵〟シリーズと称される作品群だ。

魔女が空を飛翔し、犬が砂に埋もれようとしているものや、魔女と牡山羊と人が語らったり、我が子を食べている神や、棍棒で殴り合っている二人の男……等、一見すると鑑賞する人たちが目を見開いて言葉が出ない作品がある。

この作品の価値については、これらの作品が描かれた時代のことが取り上げられる。イタリアのルネッサンス以前、この世に画家はわずかにしか存在していなかった。絵を描く人々は画工と呼ばれ、建物、家具、陶器をこしらえる職人と同じ身分だった。そうしてその作品の大半は王と教会のための宗教画だった。ルネッサンスは画家という身分を誕生させた。先述したベラスケスはスペイン王のための宮廷画家であり、画家の創始者の一人だった。ゴヤもベラスケスを尊敬し、彼のようになることを夢見て、さまざまな人にとり入り、ついに宮廷画家となる。

宮廷画家は名誉と身分、すなわち生活が保障された。充分な画料が支払われたのである。

画料は画家のすべてであった。ところがいくつかの版画や〝黒い絵〟シリーズは画料を目的とせずゴヤが自分の描きたい絵を描いたのである。この時代、そんな絵を描く画家はいなかった。画家のこころの内にあった衝動がこの作品を誕生させた。現在ならそれは当り前のことであろう。

だから〝ゴヤは近代そのものだ〟と評されるのである。ただそれが画家の意図的なものかどうかはわからない。あの有名な『裸のマハ』にしてもゴヤはいささか人を驚かせるのが好きな性格なのではと私には思われる。そんなふうに想像すると、ゴヤがとても人間味のある人物に思われて、作品を鑑賞していて思わず笑いがこぼれてしまうし、残酷なこと（戦争）がどのようなものかを平然と描いた画家の根底にユーモアがあふれていたのではと思う。

ゴヤの手紙の中に何度も出てくる同じ内容の文章がある。

――閣下。……なにとぞ、このように長い時間を費やした仕事に対し、最も御心に適う方法によってお報いくださいますようお願い申し上げます。（一七八五年四月、ゴヤがフロリダブランカ伯爵に宛てた手紙）

――閣下。……一括での支払いが難しいとすれば、分割で継続的にお支払いいただき、なるべく**早く全額を頂戴いたしたく存じます。**（一八一四年三月、王立サン・フェルナンド美術アカデミー宛の支払い請求）

これは画料を請求する手紙である。

芸術家も人間である。画料がなしで生きていけないのである。

もしプラド美術館を訪れる機会があったら、そんなことを頭の隅に置いて鑑賞されるのも楽しいかと思う。

〈参考文献〉『ゴヤの手紙 画家の告白とドラマ』（大髙保二郎・松原典子編訳）岩波書店刊

フランス／パリ、アンティーブ、スペイン／マドリード

Paris, Antibes, France & Madrid, Spain

父と呼ばれた人　真理を描いた人

——ディエゴ・ベラスケス

パリ、ルーヴル美術館展が開催されて盛況らしい。

ルーヴル美術館は日本人にとって大変人気のあるミュージアムである。過去にも日本へは彫刻の『ミロのヴィーナス』や、絵画『モナ・リザ』がやってきて大勢の日本人が押しかけた。

今でも日本人がヨーロッパに旅した折の一番の人気はフランスのパリのようだ。女性たちがパリを好むのは買物もあるだろうが、何よりも、この都の美しい景観に理由があるような気がする。

私もパリの町並が好きだ。特に冬の夕暮れ時のパリには哀切を感じる。

パリを訪れる際、前もってどんなエキシビションがあるかを下調べして行くと、思わぬものを目にすることができる。画家の回顧展などはその典型で、これまでミロ、ピカソ、セザンヌ、シャルダン、ラ・トゥール……などの、それまで美術全集でしか見ることができなかった門外不出の個人蔵の作品を鑑賞することができた。好運としか言いようのない出来事だった。

画家の展覧会もあれば〝エコール・ド・パリ展〟とか〝キュビスム展〟という時代を捉えた展覧会もある。それもまた面白い。どうしてパリでの展覧会に素晴らしい作品が集まるのか。それは諸外国で開催される展覧会においてパリから貸し出される作品が圧倒的に多く、貸借関係でパリは強みを発揮しているからだ。このことはせっかくパリを訪れても、その作品が海外に貸し出されているケースもあるということだ。そんな悲劇に遭った旅人も多いはずだ。

何年前になるかスペインの巨匠、ベラスケスの展覧会があった。興味ある展覧会だった。ベラスケスの作品は勿論だが、彼の作品から発想した画家たちの作品が共に展示してあった。有名なのはピカソが、名画『ラス・メニーナス』をもとに一九五七年の夏から四ヶ月かけて五十八点のピカソの『ラス・メニーナス』を描いていることだ。あのピカソがベラスケスに関しては無条件で敬愛している。私はこの作品群をフランス南部のアンティーブにあるピカソ美術館で鑑賞した。ピカソの情熱にも打たれたが、三百年前に存在した画家に七十六歳の画家が敢えて挑んだことに驚いた。このアンティーブのピカソ美術館には『生きる喜び』や『ユリシーズとセイレーン』がある。その庭からは、地中海が見渡せる美しいミュージアムである。フランシスコ・デ・ゴヤも若い時代、ベラスケスの模写を長い間続けている。ゴヤはベラスケスだけが自分の絵画の師であり、**父である**と述べている。ミロも初めてマドリードを訪ねた際、ベラスケスの作品を見ることが何より嬉しいと記している。セザンヌはベラスケスの存在を奇跡とまで言っている。

これほど近代の巨匠たちを感動させたベラスケスの生涯はどのようなものだったか。

ベラスケスはスペイン王国の宮廷画家であった。スペインというより、フェリーペ四世一人のための画家であった。この王にとってベラスケスは画家というより、彼の行政のすべてを委任できる存在だった。ベラスケスは二十九歳の時、マドリードを訪れたフランドルの巨匠、ルーベンスの接待係を命じられた。この時のベラスケスの接待は完璧と言われた。以来、画家でありながら宮廷警吏、取次係、王の衣裳(しょう)係、側仕、王宮の改築、営繕の監督、王宮の配室係……と次から次に任命された。最後には宮廷で生じるすべての雑事を監督する立場に置かれた。

画家、ベラスケスにとって何より大変だったのはフェリーペ四世が外国に旅をする時だった。訪問国に先乗りして宿舎の選定、王の警備、食事、レセプションの内容、スケジューリングの決定とすべてのことをやり遂げなくてはならなかった。そして王女マリア・テレサとフランス王ルイ十四世の婚儀の準備に追われていた際、不幸にも疲労で死んでしまう。こう書くと画家としていかにも悲劇的な生涯に思われるかもしれないが、画業よりも摂政の仕事の方が名誉ある仕事であったことも事実だ。

プラド美術館でベラスケスの最高傑作『ラス・メニーナス』を鑑賞した後、居並ぶ大作の中にそれだけがぽつんと展示してあるちいさな作品がある。私はこの小作品がとても好きだ。

『ヴィラ・メディチの庭園』と題された作品である。ほとんどの鑑賞者はこの作品の前で足を止める。美術史によるとこの作品はベラスケスが生涯の中でたった一度王からもらった休暇で出かけたイタリア旅行の折に描いたものであるといわれている。光彩にあふれた庭園で人物がいかにもゆったりと過ごしている。この作品からは画家の自由な感情が伝わってくる。画家の生涯と、その作品が後の世界に与えた力を思うに絵画というものには奇妙なものがあるのだと考えさせられた。

ベラスケスの故郷、セビーリャにあるベラスケスの銅像には〝**真理を描いた人**〟と記してある。真理とは何やら怪しい気がしないでもない。

あの夕陽は美しい共存の証しかもしれません

――トレドで会ったM氏

スペインのマドリードに観光で訪れた日本人の半分近くが、首都から車で一時間走った場所にあるトレドの街に出かける。

人々が、このちいさな街を訪れる理由は街の美しさもあるが、かつてこの街がスペインの首都であり、ここにスペインのカソリックの総本山があったからである。長い間、トレドはスペインの政治、文化の中心地であった。だから街には歴史的建造物が多くある。その中に今も街の中心にそびえるトレド大聖堂がある。

私がトレドの街を数度にわたって訪れたのは今から十年前のことだった。

訪問の目的はエル・グレコの作品を鑑賞することだった。

エル・グレコは、その名前のとおりスペイン語で〝ギリシャの人〟である。少し絵画に興味ある人は、特徴のある画家の作風を思い浮かべるだろう。

今でこそ世界中の名だたる美術館はグレコの作品を持っていることを誇りにして、最良の場所に展示をしているが、百年前までグレコは歴史の中にうずもれていた。

グレコが没して三百年後、スペインの碩学、マヌエル・B・コシオがグレコの存在を見出した。教会の片隅にグレコの作品は埃をかぶって眠っていた。その原因はグレコのあの独特な作風、妙に人の顔や身体が細長く描かれていることが、絵画の発注主の教会や王から疎んじられたのだろうと言われている。

しかしマヌエルの尽力もあり、埃を拭われたグレコの作品に人々は次第に感銘を受けるようになった。そんな運命がグレコの作品を余計に神秘的にしていると言えなくもない。

神秘的と書いたが、彼の大半の作品は宗教画である。サント・トメ教会には『オルガス伯爵の埋葬』、サンタ・クルース美術館には『聖母被昇天』などがある。街の中にはグレコの住んでいた建物もあるが、これは本物かどうかわからない。

グレコは謎が多い画家である。美術史家の中にはイタリアでの修業中は、あのティツィアーノ（ルネッサンス期のヴェネチア派の巨匠）の下で学んだとする人もあるが、たしかなことはわかっていない。イタリアの方がよほど仕事の注文も活躍の場もあったろうに、どうしてグレコが突然、スペインの地にやってきたのかもわかっていない。そうしてあの作風である。しかも三百年近く教会の隅に眠っていた……。

これらの謎めいたものがグレコの作品に奇妙な力を与えているのも事実だろう。

グレコはトレドで家庭を持ち、子供をこしらえている。画家の息子が作品の中に描かれてあるが、あとのことはわからない。

あのひょろりと長い人物描写ゆえに、一時は画家の視力に障害があったという医学者の説までもっともらしく肯定された時期もあったが、これは今は訂正されている。

私が数回にわたってトレドを訪れたのは、実はこの街にみっつの宗教が今も共存しているからだった。

ご存知のように歴史の中で宗教の対立が悲惨な戦争、圧政を生んできたことを私たちは歴史で学んで知っている。現代社会でも宗教対立が戦争の火種になっている。ところが長い間、トレドではユダヤ教、イスラム教、キリスト教のみっつの宗教が共存してきたのである。フデリーア（ユダヤ人居住区）で人々は暮らしているし、イスラムの人たち、キリスト教徒も生活している。

古い教会の建物を建築に詳しいM氏に案内してもらった。

回廊の支柱を指さしてM氏は説明した。

「ほら、この柱の基礎部分の松ぼっくり、そして幾何学模様、最後にユリの紋章、それぞれがユダヤ教、イスラム教、キリスト教の証（あか）しなんです。ちゃんと共存していたんですね。スペインはイスラム教に長い間、支配されていましたが、その当時のイスラム教徒は寛容で住人の宗教には自由を与えていたようです」

私は回廊の支柱を見つめながら、かつてそのような共存があり得たのなら、現代人の知恵をもってすれば宗教対立もいつか解消できるような気がした。

全盛期のトレドはヨーロッパ文化の中心地でもあった。おびただしい数の書物がこの街に集まり、原語の書物、教典を研究し、翻訳までした。ラテン語、イタリア語、英語、フランス語の書物を訳して全ヨーロッパに紹介したのもこの街からだった。トレドは〝知の宝庫〟と呼ばれた。

トレドを訪れた人がずっと記憶に残すものは何と言っても、この街の景観である。トレドに入る前に周囲にある丘からこの街を望むとまるで空中都市のようなあざやかさに目を奪われる。私のおすすめはトレドの南の丘に建つパラドール（国営ホテル）、コンデ・デ・オルガスのカフェテラスから眺めるトレドの景色である。

半日、街を歩いた後、私たちはこのカフェテラスでお茶を飲んだ。夕陽がトレドの街を黄金色に染めていた。

「グレコもこのあざやかな夕景を見たのでしょうね。**あの夕陽は美しい共存の証しかもしれません**」

M氏の言葉を聞きながら、歴史から学ぶことが現代人は多いことにあらためて気付かされた。

フランス／パリ
Paris, France

そうか、総裁政府の連中は美術品が好きなのか

――ナポレオン・ボナパルト

今の季節、フランス・パリは街路樹の葉が色づき、旅するには絶好の時期を迎えている。

パリは数あるヨーロッパの都の中でとりわけ街並が美しい。この美しい景観は、現在パリ市が保護し、新しい建築物に対して規制、管理していることもあるが、この街並の大枠は王と貴族がこしらえたものだ。

ルイ十四世の存在も大きいが、意外と知られていないのはナポレオン・ボナパルトの影響である。

パリを空から見ると中心に凱旋門があるのがわかる。

現存する凱旋門はナポレオンが皇帝に就任し栄華をきわめていた時、一八〇六年に世界に誇れる建築物を造ろうと建築家シャルグランに命じて建造をはじめたものだ。

しかし五年後の一八一一年、五メートルの高さまで建築したところでシャルグランが死亡し工事は中断する。工事が再開した頃、ナポレオンは凋落が見えてきて、未完のまま放置してあったものをオルレアン公フィリップ・エガリテの子ルイ・フィリップが一八三六年に完成させる。ナポレオンが初めて凱旋門をくぐり抜けたのはその四年後、一八四〇年の十二月十四日にセント・ヘレナ島から棺の人となってパリに戻った時のことだった。

ヴァンドーム広場の中心にはナポレオンがアウステルリッツの戦いに勝利をおさめた記念柱が建っている。この青銅色のモニュメントはアウステルリッツの戦いでオーストリア・ロシア軍から奪った千二百門の大砲を溶かして造られている。まさに戦勝品である。

その戦勝品の代表のひとつが、あのルーヴル美術館である。

——えっ、ルーヴルが？

と思われる人もあろうが、今日、ルーヴルをはじめとした美術館がこの街に集まり、パリ市民が鑑賞に通う習慣をつけたのにもナポレオンは一役買っている。

——ナポレオンは美術に興味があったか？

答えは、ほとんどなかったようだ。

現存するナポレオンを描いた自画像や戦場での姿を描いた作品、戴冠式の作品など少し目をむけただけで、もういい、と下げさせたらしい。

ナポレオンの興味は戦争しかなかった。

あとは妻のジョセフィーヌだけである。

そのナポレオンがなぜ美術館を、と思われようが、彼にとって美術品は戦勝の象徴だった。或る時から彼は戦いに勝利すると、賠償金と合わせて、美術品の供出を要求するようになる。

一七九六年、総裁政府からイタリア方面軍総司令官に任命され、対オーストリア戦争で圧勝する。戦争が終れば平和への約束を勝者と敗者は行う。敗者は勝者に多額の賠償金を支払う。この時、総裁政府はナポレオンに、イタリアの優れた美術品を収集してきて欲しいと指示する。

「なぜ金でなく美術品なのだ？」

そう思っていた彼に側近が説明する。

「最高司令官殿、かつてローマ帝国のシーザーが打ち倒した国の宝をローマにまず持ち帰ったようにパリに、総裁政府に送ればあなたの戦勝がさらに輝きをましますす」

ナポレオンは大のシーザー贔屓であった。

「そうか、総裁政府の連中は美術品が好きなのか」

その時でもまだ彼は美術品の価値はよくわかっていなかった。

ところが長い戦いを終えてパリに凱旋すると戦勝の美術品の数々を展示し、それを見物する政府の役人、市民に熱狂的に迎えられる。

一七九八年七月二十六日、二十七日にイタリアからの戦勝品が一同に公開された。古代彫刻、絵画、書物、博物標本、ダチョウ、ラクダ、クマまでがパレードで披露されたと記録にある。

それらを見た市民が歌ったという。♪ローマにはもうない。それはすべてパリにある♪と。それが流行歌までになった。

以来、ナポレオンが遠征する度に戦勝品が届き、歓喜の渦となる。

戦勝品は厖大(ぼうだい)な量となる。これをひとつの場所に仕舞うのにパリ市壁に沿って建てられていた城砦(じょうさい)の宮であったルーヴルがあてられた。元々は王宮のひとつだったがあまり使用されていなかった。フランス革命当時も王室の美術品の倉庫となり、王室、教会、貴族から没収した美術品をここに収集していた。

この美術品を整理し、美術館にしたのがドミニック・ヴィヴァン・ドノンである。ナポレオンはドノンを気に入り、美術館長に任命する。

一八〇二年、ナポレオン全盛の時、ルーヴルで大展覧会があり、ヨーロッパ中から人々がパリを訪れ、ルーヴルを見て驚嘆する。

ドノンは美術館を〝ナポレオン美術館〟としようとするが、ナポレオンの凋落がはじまる。やがて敗者となり、美術品は元の国へ返却される。

しかしナポレオンが去ってもルーヴル美術館は残り、今日世界の人を愉（たの）しませている。

そんなことを皇帝は想像もしなかったろう。

フランス／パリ、イギリス／ロンドン
Paris, France & London, England

これから私は無になります

——J・M・W・ターナー

ターナーの絵画を初めて目にした時がいつだったのかを覚えていない。

中学、高校の美術の教科書にあっただろうにその記憶がない。

五十歳代の初めに思い立って絵画を巡る旅に出て、ターナーの作品を鑑賞することは旅の大きな愉しみであった。

——これがターナーか……。

と吐息まじりに彼の作品群を鑑賞したのはロンドンのテイトギャラリーの一角にあるターナーの展示室でのことだ。

一度でもテイトギャラリーに入館し、その部屋に足を踏み入れた人はおそらく生涯、この画家の作品と存在を忘れないだろう。風景画を好むと好まざるとにかかわらずターナーの作品には鑑賞者に、人類にとって絵画は生み出されるべきものであったのだと思わせるものがある。それは音楽、舞踊、詩、戯作(げさく)、小説といったものの存在と共通している。

その部屋を見た時、私は思った。

——大英帝国(イギリス)のまさに底力だな……。

一人の素晴らしい才能を持った画家の作品がこれほどの質と量で一ヶ所に残ると

いうことは極めて珍しいことで、私はテイトギャラリーがターナーの作品を収集し続けた結果がこの部屋となったと思った。後に画家自身が自分の作品をきちんと残し、一人でも多くの人に鑑賞してもらいたいと、遺言に近いものでその費用、場所を確保するように願っていたことを知った。

一九二六年にターナーの展示室は落成し、ジョージ五世とメアリー王妃を迎えてオープンした。

ターナーの作品を最初に見た記憶はおぼろげで、見た瞬間に、クロード・ロランに似ている、と感じた。この印象は誰が見ても持つはずだ。クロード・ロランの何点かの作品を鑑賞したのはパリ・ルーヴル美術館の一角である。フランス絵画の展示してあるリシュリュー翼の一室が彼の展示室として設けられている。

クロード・ロランの作品を見た時の印象は、

——風景画もここまでの域に達するのか。

というものだった。

私はその時、ロランの作品に共通する水平線、地平線の位置に興味を抱いた。

「この時代で一番人気があったのが彼です。ヨーロッパ中の収集家がロランの作品を欲しがったのです。画家たちにとってもロランは憧れの人でした」

学芸員の言葉が妙に頭に残った。

クロード・ロランについて書くことになり彼について資料を集め、作品を鑑賞する旅に出た。一点だけ見ていない作品があった。

『シバの女王が乗船する海港』。ロランの代表作である。そんな時、パリの書店で一冊の素晴らしい画集と出逢った。

ターナーがイタリア旅行に出かけた時に残した素描、淡彩画、水彩画をまとめたものだった。

「この本まだ新しいけど、どこかでエキシビションでもやってるんですか」

本屋の店員に訊くと、グランパレで今開催しているとのことだった。旅には、時折、こういう好運がある。ターナーの何たるかを知る恰好（かっこう）の展覧会だった。

私はいつの頃からか、風景画（特に精巧な）に興味を失なっていたが、風景画を見直す良い機会になった。

一点のちいさなリトグラフを買い、仙台の仕事場の壁に掛けた。

ターナーは一七七五年、ロンドンの繁華街コヴェント・ガーデンに理髪店を営む父の一子として誕生した。父の理髪店は立地の良さもあり上客を得ていて繁昌（はんじょう）していた。

病気がちな母の関係で少年時代をロンドン郊外で暮らし、この頃、スケッチをすることを覚えた。十四歳で建築家の下で建築画を学ぶようになった。この頃、風景画はオランダ絵画の影響もあってヨーロッパで大人気で、都市の近郊の風景、貴族の大邸宅などを写真のごとく（まだ写真はなかった）描いたのである。やがてターナーはロイヤル・アカデミーの美術学校に入学し、古代美術の模写を学ぶ。そこで水彩画と出逢う。当時、水彩画の画料、画材が進歩し、若いターナーにもそれが手に入るようになっていた。近代絵画はいつもそうだが、画料、画材の進歩がひとつの才能と出逢い、新しい世界を生み出す。やがてターナーはその秀（すぐ）れた才能を認められ、ロイヤル・アカデミーの正会員に二十六歳の若さでなる。その後の彼の生涯はひたすら風景画を描く日々となり、その作品も高く評価された。寡黙で、決して他人を傷つけず、困窮した同業者に匿名で金を送るような人柄だった。

同じロンドンのナショナルギャラリーにもターナーの作品が展示してある。これらの作品がなぜテイトギャラリーに展示されなかったかには訳がある。ターナーは遺言の中で自分の作品をクロード・ロランの『シバの女王が乗船する海港』のそばに展示して欲しいと願ったからだ。ターナーは生まれて初めてロランの作品を目にした時、涙したそうである。かたわらにいた人が涙の理由を尋ねると、自分は生涯かかってもこれほどの作品は描けないと思ったからです、と言ったという。その絵画の展示はターナーの生前の希望だった。

一枚の絵画に出逢うことが偉大な仕事をする発端になる。それが絵画の本物が持つ奇妙な力でもある。

——**これから私は無になります**。

ターナーの最後の言葉である。しかし無から有をこれほど生み出した画家は多くはいない。

フランス／パリ、イギリス／ロンドン
Paris, France & London, England

空と水だよ。
私はここで昼も夜もレッスンを受けている

――J・M・W・ターナー

今でこそイギリスとヨーロッパ大陸はフランス北部までの地下トンネルでつながっているが、二百十数年前に一人の戦争好きの男がイギリスをどうにか打ちまかしたくて、何か良い方策はないかと考え続けた。

男の名前はナポレオン・ボナパルト。ヨーロッパの大半を、彼の優秀な軍隊によって制圧していた。皇帝に即位し絶頂期にあったナポレオンにもひとつだけ思うままにならぬ相手がいた。ドーバー海峡を隔てた国、大英帝国であった。イギリスを攻略しようと英印貿易の要所であったエジプトまで遠征し戦利したと思ったがネルソン提督率いる英国海軍にフランス海軍が呆気なく敗れ、命からがらフランスに戻る始末だった。

ナポレオンはその才能と行動力でフランス軍をヨーロッパ最強にしたが、その軍は陸軍（特に砲兵が強かった）である。イギリスに攻め込むには船によって兵、武器を運ばなくてはならない。ところがイギリスにはヨーロッパ最強の海軍がいて、兵もろとも海に沈められてしまう。

そこでナポレオンは本気で地下を掘ってイギリスまでの地下道を建設しようとした。技術者が呼ばれ、設計図が引かれた。しかし、当時は海の地下を掘り進める技術がなかった。あきらめたナポレオンは海軍を補強し上陸作戦を立てトラファルガーで海戦に挑んだ。またも敗れた。そこから彼は衰退する。

皇帝の夢はかなわなかった。

今回、好きではない戦争の話を書いたのは、二十年前、フランスとイギリスが海底トンネルの完成によって鉄道で往来できるようになった折、いち早くその電車に乗ってパリからロンドンに出かけた時のことがよみがえったからだ。

電車の名前はユーロスターである。フランスにはTGVという世界でも最高レベルの高速列車があるが、イギリスとの間を走るのはユーロスターで、ドーバー海峡の海底トンネルが完成した時にデビューした。

パリーロンドン間を最速二時間十五分で走る。ナポレオンが聞いたらさぞ驚くことだろう。

春の只中のその日、私は朝早くパリのホテルを出た。

翌日、パリで約束があり、最終のユーロスターでパリに戻らなくてはならなかった。

ロンドンへむかう目的はユーロスターで海の底を時速百六十キロで走る気分はどんなものかというのと、ターナーの作品で見てみたいものがあったからだ。

電車はたいした速度で北フランスの田園を疾走して行った。車窓からの風景を愉しみたい私にとっては少しスピードがあり過ぎたが、それでも北フランスには高い山がなく全体が大きな丘陵なので菜種油の菜の花があざやかなイエローで丘に咲いていた。時折、草原に馬や牛の姿が見えて、グリーンとイエローが交互にあらわれる風景は色紙の中を玩具の電車で走っているような気分にさせた。

やがて電車が少し前傾になるような印象で海底トンネルに入った。車内の灯り(あか)が点(つ)き、外を見てもグレーの壁がただ流れるだけの殺風景なものだった。

——そうだろうな……。

私は少年の時に初めて関門トンネルを電車で通った日のことを思い出した。水滴が窓に当たり、これは海の水だろうかと思った日が懐かしかった。

車輪の軋(きし)む音か、電車のモーター音か、それまでと少し違った音が届いたかと思うと、窓から陽光が差し込み、周囲の景色がまるで変わった。木々の緑がやけに濃密で、しかも田園には多くの羊たちがいた。北フランスの光とは何かが違っている。

電車の速度もレールの関係か遅かった。

何より建物が違うが、所々フランスのノルマンディー地方特有の木肌が出た白壁の様式もあった。そうか北フランスは長い間、イギリスの領地だったからな。

電車で異国に入る旅はこのように面白いことが経験できるのかと思った。


ロンドンのナショナルギャラリーに入り、ターナーの『雨、蒸気、速度―グレートウェスタン鉄道』と題された作品を前に、私は持参した一枚のカラーコピーを見比べた。それはクロード・モネの『サン・ラザール駅』と題された作品で、制作年はターナーの方が三十年余り前だが、二人の画家が、当時の最新の産業のシンボルを描き、しかも画面構成の大部分をなす空と周囲の風景を色彩の移ろいのように描いていた。

時代の差はわずかにあるが、二人の巨匠が別の場所で同じテーマでしかも、私からすると抽象画の手法に近い描き方をしている点に感動した。

ターナーのアトリエを訪れた人が、彼がアトリエの窓辺から殺風景な周囲の風景をずっと眺め続けていたので尋ねたという。

「あなたはずっと何を見てるのですか」

「**空と水だよ。私はここで昼も夜もレッスンを受けている**」

同じようなことをモネの友であるセザンヌが語っている。

「モネはずっと目の前の風景を眺めている。モネとは〝目の人〟なのだ」

良い一日の旅だった。

スペイン／モンロッチ、マヨルカ

Mont-roig del Camp & Mallorca, Spain

ここはまさに私のすべての故郷なのです

――ジョアン・ミロ

今でも時折、思い出す〝静寂の光景〟がある。それは一人の画家のアトリエで、私がそのアトリエを訪ねた時にはすでに画家はこの世にいなかった。

画家ジョアン・ミロの代表作である『農園』の作品中の風景がそのまま残っているモンロッチの農場へ出かけたのは十数年前のことだった。九月の晴れた日でバルセロナから車で南へむかった。この農場は公証人だったミロの父が買ったもので、商人として成功していた父はミロを自分と同じ商人にしたかった。ところが商人になるために勉学をしていても、彼はその仕事が合わず半分ノイローゼ気味になり身体をこわしてしまった。その静養のためミロは父の農場に滞在した。のどかな農園で過ごしているうちに彼は自分が本当にしたいことが絵を描くこととわかった。だから、この農園はミロという画家の出発点とも言えた。

『農園』は派遣記者時代のヘミングウェイが借金までして買い求めたという逸話がある。その農園に私は足を踏み入れ思わず声を上げそうになった。作品にある風景がそのまま残っていた。大きなエンドウ豆の木も、ロバがつながれていたブドウを搾るための機械もあった。夢の世界に迷い込んだ気がした。

ミロが腰を下ろしていたであろう古い木製の椅子にも触れた。しばし至福の時間を過ごしていると、一人の老婆があらわれた。挨拶すると、彼女はその椅子にミロは座っていたのよ、と笑って言った。そうして唐突に、よかったらアトリエをご覧になりますか、と訊いた。

アトリエ？　ミロのアトリエはマヨルカ島にあるはずだが、と思った。聞けばミロがマヨルカへ移り住むまでのアトリエだと言う。

「ミロが去った時のままにしてあるの」

私は興味を抱き、もし見せてもらえるならお願いします、と申し出た。アトリエは農場の北側にぽつんと建っていた。鍵を開けると古い大きなドアが軋む音を立てた。外光が入った所だけがやわらかに浮かび上がった。

「ほらご覧なさい。作業着まで置いたままミロはマヨルカへ行ったのよ。何をそんなに急いでいたのかしらね」

テーブルの上にブルーの作業着が無造作に置いてあった。そのそばに画材のパステルが何本か転がっていた。

「見終えたら呼んで下さい」

老婆はふたつの窓を開けて出て行った。

光が当たった壁にミロが描いた落描きのようなものがあらわれた。

——これはすごい場所だ。

私は興奮し、画家が創作のために切り抜きしていた雑誌や新聞を見つめた。しかしアトリエを見ているうちに、ミロの息遣いのようなものを感じはじめ、ここに勝手に入っているのはよくないと思った。

——すぐに出よう。

その時、壁にカレンダーが一枚貼ってあるのが目に止まった。それは一九五六年のカレンダーだった。


一週間後、私はマヨルカ島を訪ね、ミロの最後のアトリエを見学し、学芸員の女性と話をした。

「このアトリエはミロが晩年を過ごしたアトリエで、画家の奥さまの実家があった場所であると同時にミロのお母さんの実家もあったんです。ミロはバルセロナで生まれたのだけど子供の頃に母親と何度もこの島に来ているの。ナチスからのがれる時も、ここで二年間を過ごしているの。言わばミロの第二の故郷だったんです。ほら、この壁の絵を見て下さい。きっと何かの作品のヒントでしょうね」

私は同じようなものをモンロッチのアトリエで見たことを話すと、彼女はそれは好運だったわね、と笑った。

置いたままの画材や作業着のことは話さなかった。

マヨルカはモンロッチよりさらに光にあふれた場所だった。

ミロは寡黙な人である。ほとんど自分の作品について語っていない。そのミロが晩年、一人の美術研究者を相手に創作のことを語ったことがある。『ミロとの対話』と題されて一冊の本になっている、その中でミロは、マヨルカという場所に幼くして出逢っていなければ私の作品は何ひとつ生まれなかったと語っている。

「**ここはまさに私のすべての故郷なのです**」

この言葉を聞いた時、私はモンロッチのアトリエから急ぐようにマヨルカへ画家がむかったのは、ミロにとって人生の最大の危機、苦悩に満ちた日々だったからなのではないか、あのアトリエに漂っていた空気感は画家の苦悩の息遣いではなかったのかと思えた。

マヨルカはミロにゆたかなものを与えた。その対話の中で注目すべき言葉があった。

ミロはテーブルの上の素焼きのお皿を見せて「この器を見て下さい。この島の陶工が作ったものです。千年以上こうして私たちの生活に役立っています。しかも素朴で美しい。作った人の名前はわかりません。私は本来創作とはこうした無名性の中にあるのではないかと思います。彼等こそが真の創作者なのです」

私はミロの言葉に感激した。

あの〝静寂の光景〟と名もなきカタルーニャの創作者が奇妙につながって思えるのだ。

スペイン／モンロッチ、マヨルカ
Mont-roig del Camp & Mallorca, Spain

ちいさな線がやがて宇宙にひろがれば……
と思っています

——ジョアン・ミロ

旅先で、こころをときめかす出逢いがあったなら、あなたの旅はかなり上質なものだと言えるだろう。そしてそういった出逢いには少なからず運命のようなものがかかわっているケースが多い。

私の短い半生は大半が旅の日々だった。

その中で、あの時間は誰かの力で、そこに導かれたのかもしれないと思えるものがある。

一九九八年から二〇〇〇年までの三年間、私はスペインの美術館を巡り、絵画鑑賞の旅に出ていた。マドリードのプラド美術館の訪問にはじまった旅は、ベラスケスから出発し、フランシスコ・デ・ゴヤに至るスペインの絵画史をたどるものだった。

トレドの街を散策し、グレコの作品に触れ、スペインという国が持つ、内へ内へと突き進む或る種の偏向性を持つ創造に、正直、疲れを感じないでもなかった。

そんな時、私は早くミロの作品に接したいと思った。ミロが生涯を通していつくしんだ土地、カタルーニャの街に立ち、目の前にひろがる地中海の風に、光に触れたい衝動にかられた。

ジョアン・ミロが好きだった。

ミロの作品を鑑賞していると、たとえようのない安堵のようなものがひろがった。

彼の初期の作品に『農園』と題された素晴らしい一枚の絵画がある。

私はこの作品を若い時に教科書で見た。まだ美術鑑賞の何たるかが皆目わかっていなかったのだが、スペインの田舎町の農園の風景が描いてあるだけのそこには、ニワトリやロバ、飼われていたのか犬までがいて、その中心に豆の木が一本そびえていた。青く澄んだブルーの空に、月が浮かんでいた。

——へえ～月が出ているんだ。こんな農園の真昼の風景の中に……。

私がそれまで見て来た絵画と、その作品はすべてが違っていた。

ニワトリもロバも、犬も、でぶっちょの農婦も、まるで子供が描いたようで、どこかぎこちなささえ感じた。

なのにこの『農園』という作品に魅せられた。ミロという画家の名前も頭の隅にずっと残っていた。

スペインの絵画の旅が後半に入り、ようやくカタルーニャの中心都市であるバルセロナの地に立った。サルバドール・ダリの美術館のあるフィゲラスを巡る旅を早々に終え、私はバルセロナのモンジュイックの丘を登り、ミロファウンデーション、通称ミロ美術館を訪ねた。

美術館の白い建物と緑のあふれた中庭はいかにもミロらしくひかえめで、なおかつ情熱にあふれていた。ミロが生まれて初めて描いた幼ない時の絵、『魚の目の治療をする医者』と題された小作を見て思わず微笑んでしまった。

――ああ、このタッチ、筆致だ。

あの『農園』からも感じた丁寧で、誠実さがうかがえるものだった。

ミロの通った美術学校、卒業制作の作品、初期の作品に触れながら、或る日、ミロが子供の時に過ごした農園を見学に行くことになった。

バルセロナから車で二時間走った地中海沿いにあるちいさな村である。農道をいくつか抜け、その別荘がわりの農園に到着した。

そこに立った時、私は驚きの余り、しばし立ちつくしていた。

目の前に、あの『農園』で描かれていた豆の木も、畑も、ロバが曳く葡萄搾りの大きな樽も、そのままの姿であったのだ。

『農園』が描かれてすでに八十年近くが過ぎていた。――こんなことがあるんだ……。

私は空を見上げて月を探した。出ているはずのない月の幻影があらわれた。私は首を振り、まばたきをして空を見直した。そこにはカタルーニャの青空があるだけだった。

半日、そこで過ごし、案内して下さった番人の一家の主婦に礼を言うと、

「ミロがこの家を離れてマヨルカ島へ行った時に、そのまま残して行ったアトリエがありますが、ご覧になりますか？」と微笑んで言われた。

「えっ、ミロのアトリエがそのままにしてあるんですか？」

「ええ何しろ、あの日、ミロはあわただしくマヨルカ島へむかいましたから」

「もし見学できるなら、ぜひ」

大きなカンヌキの錠を開けると、中は真っ暗であったが、海側の窓のブラインドを開くと、そこに大きなテーブルがひとつ、壁際にふたつのイーゼルが置いてあった。テーブルの上には画家が使っていたチョークや絵具の使いさしがあった。

つい昨日まで、いや立ち去る日の午後までミロが何かにむかって懸命に創作していた気配が感じられた。

ミロはその午後、このモンロッチのアトリエを出て、海を渡って母親の出身地であったマヨルカ島に戻り、生涯、ここに帰ることはなかった。

壁に一枚のカレンダーが貼ってあった。鋲を打ちつけたのも画家自身であろう。

一九五六年、九月のカレンダーだった。

記録には、この年の夏、ミロがマヨルカ島へ行ったとある。

さらに驚いたことに、壁のあちこちに画家が描いたさまざまな小作品があった。

——こんなに無造作に放っておくんだ。

そのひとつひとつが、子供の描いた落描きにさえ思える。いや、これがミロのかつてのアトリエと知らなかったら、誰の目にも子供の落描きにしか映らない。しかし、このちいさな作品から、ミロは彼でしかなし得なかった宇宙を創造した。壁にむかって一人チョークで線を描く画家の表情が浮かんだ。


モンロッチでの感動がまだ消えない時に、私はマヨルカ島のミロのアトリエとちいさな美術館を訪れた。元のアトリエは綺麗に整理され、作品の何点かの展示と合わせて、空間自体がひとつの世界をこしらえていた。見ていて楽しいには楽しいが、それはミロが配置したものではなく、どこかよそよそしかった。

　マヨルカでの二日の滞在を終え、お世話になった学芸員の女性に礼を言いに行った。

「本当にミロがお好きなんですね」

「ええ……」

「私が考えているミロの本当のアトリエがあるのですが、ご覧になりますか？」

　彼女の言っていることがわからず、後をついて行くと、そこは倉庫に使われている場所であったが、大きなシーツを彼女が下ろすと、その一角の壁に、ミロが描いたいくつかの小作があった。創作途中の、いや創作にふける画家が何かを探し求めて描いたものであろう。

　まさに子供の落描きに映るものだった。

　私はしばらくそこに立ち、素晴らしい線とカタチを見続けた。目がうるんだ。

　ミロは自作のことはほとんど語らない人であるが、数少ない言葉の中にこうある。

「ちいさな線がやがて宇宙へひろがれば……と思っています」

　実に素晴らしい旅であった。

スペイン／モンロッチ、マヨルカ、東京／銀座、宮城／仙台

Mont-roig del Camp, Mallorca, Spain & Ginza, Tokyo & Sendai, Miyagi

これはミロについて
世界で最初に書かれた本ではないか

——ジャック・デュパン

この一年旅らしい旅に出ていないせいか、夏の終りくらいから旅先に滞在している夢を何度か見た。つい先日も妙な旅の夢だった。或る画家のアトリエに独りで居た。最初はモンロッチという農園の中にあるアトリエで、そこでぼんやりしていたら、いつの間にか周囲が明るくなり、場所がマヨルカ島のパルマにあるアトリエにかわっていた。モンロッチもパルマも地中海を見渡せるスペインの街である。画家はジョアン・ミロ。モンロッチのアトリエは少し暗く不安であったが、パルマのアトリエは光にあふれ、夢の中とわかっていても気分が昂揚（こうよう）して、目を覚ました。

――どうしてミロのアトリエだったのだろうか……。

理由はわからなくもない。美術館を巡る十年余りの旅の中でも、ミロのアトリエを訪ねた時間は、私にとって至福の時間であった。

今でもその折の数時間は鮮明に記憶している。

未完成の大きなキャンバスが立てかけられた壁の隅に、チョークで描いたようなちいさな落描きがあった。若く美しい美術館の学芸員の娘さんと二人で、その落描きをしばし見つめていた。勿論、ミロが描いたものだ。

「この右上は星のようですね」

「いや女の人かもしれないわ……」

ミロが晩年を過ごしたパルマのアトリエにはここかしこに画家の魂のようなものが漂っていた。壁のピンナップの小紙の中の鳥。友からの絵葉書。汽車の切符の半券。机の上の小石。何やら化石のような石……。そんな中にあきらかに日本の和紙に思える包みがあった。

「これはもしかして日本製ですか？」

「そうＷＡＳＨＩ？　でいいかしら？」

「そう和紙でいいんです。日本から取り寄せたんですか？」

「たぶん、そうでしょう。もしかしたらパリかもしれないけど、日本のものはたくさんありますよ」

「ジャポニスムの影響ですか」

「それもありますが、ミロは日本が好きだったし、日本を訪れているもの」

「そうですね……」

旅の記憶がよみがえるのは悪い時間ではないが、これまでそんな時間を私はあまり持つことがなかった。

その日、目覚めてから仕事場へ行き、書棚からミロの資料を出してみた。

「ああ、あった、これだ」

『ミロのアトリエ』（求龍堂刊、一九九七年）と題された本であった。何年か前に神田の古書店で見つけ本棚に仕舞っておいた。正確には写真集にミロの孫で美術史家のジョアン・テオドーロ・プニェット・ミロの短いミロ評が添えられた本だった。

古書店の店先で数ページは見たが、こうしてゆっくり眺めるのは初めてだった。写真がとてもいい。ジャン＝マリー・デル・モラルという写真家で画家、彫刻家のアトリエを一貫して撮影している人のようだった。

ミロの大きなアトリエの二階から全体を撮った写真からはじまり、机の上の絵の具の跡から壁のピンナップ、小石、人形、ピカソの写真……。ページをめくっていると、あっと思わず声が出た。あの化石のような石に続いて和紙のような包みがあらわれた。以前、私がアトリエを訪ねたのは二〇〇三年前後で、この写真集はその六、七年前に出版されているから、ずっとミロのアトリエは変わらなかったことになる。しかし私はその包みに見惚（みと）れていた。

——ミロに、あの和紙を送ったのは、もしかしてあの詩人かもしれない。

何となくそう思い立って書棚に詩人の本を探しに行った……。

瀧口修造は詩人であり、美術評論家でもある。美術評論家としての彼の名前をひろめたのは一九三〇年に、フランスの詩人であり、思想家であったアンドレ・ブルトンの著書、『超現実主義と絵画』を翻訳し出版したことだった。アンドレ・ブルトンは当時、ヨーロッパの芸術家運動の先鋭的思想であったシュールレアリスムの中心的な存在だった。ミロもシュールレアリスム宣言に名を連ねていたし、ブルトンのミロの評価も高かった。

一九六六年、ミロは東京、京都で開催されたミロ展のために初めて日本を訪れた。七十三歳の画家は精力的に日本文化に触れ、日本という国の文化に感激していた。ミロは旅の終りに東京へ戻り、銀座の画廊を訪れ、そこで口数の少ない静かな詩人と出逢う。詩人はすでに一九四〇年にミロの作品を見て感動し、ミロを讃する評論を書き、日本で出版していた。一九四〇年といえば、ミロがあの『星座』シリーズに初めて着手し、ノルマンディーから戦火の中をスペインまで逃避行した年である。『星座』にブルトンの言葉があった。

ミロは詩人から一冊の本を渡された。それを隣りで見ていた詩人のジャック・デュパンが本の発行年月日を確認し、「**これはミロについて世界で最初に書かれた本ではないか**」と驚いた。ミロはそれを知り、十歳年下の無口な日本の詩人の肩をやさしく抱いた。以来二人は深い友情で結ばれるようになった。ミロが日本を再訪した折も二人は三日間大阪のホテルで同席し語り合い『手づくり諺』と題された詩画集を創作し、八年後には『ミロの星とともに』という瀧口の詩集にミロは作品を描いた。瀧口とミロの共通点は二人とも口数が少なく静かな外見と、内に炎のような創作への欲求を持っていたことのような気がする。

瀧口の詩の一節に、

——石は紅さして、千年答えず

という一文がある。

この石とミロのアトリエで見た、彼が散策の度に拾って帰り、じっと見つめていた石たちはどこかで通じるものがある気がする。

写真集の一ページに和紙を発見し、詩人の名前がよみがえり、二人の友情に思いを馳せた。一日何やら旅をしたような気分だった。

普通の人だよ

――『モナ・リザ』を観た少年

〝小雨が靄のようにけぶる夕方、両国橋を西から東へ、さぶが泣きながら渡っていた。双子縞の着物に、小倉の細い角帯、色の褪せた黒の前掛をしめ、頭から濡れていた――〟

この文章の一節は、昭和の時代小説の大家・山本周五郎の名作『さぶ』の冒頭部分である。

私は今でもこの冒頭部分をくちずさむことがある。まだ作家になる以前のことであるが、あれが文章修業と言えるのか、好きな作家の文章を書き写していた時期があった。その中のひとつに周五郎の『さぶ』という作品があった。時代小説の名手と言っても、今の若い人にはピンと来ないかもしれないが、出版された作品のほとんどが映像化され、黒澤明監督『赤ひげ』、野村芳太郎監督『五瓣の椿』などヒット作を生み出した作家である。

他にも何人かの作家の小説を書き写したが、それが今の自分の文章にどう影響しているかはわからない。しかし不思議なもので若い時に身体に覚え込ませたものは生涯忘れることがないものである。それが長い文章の一節であれ……。

私は、時折、一人で隅田川沿いを歩くことがある。何か目的があってのことではない。川風に当たりながら水景を眺める。気持ちが落着くのだ。子供の時、朝夕、波の音を聞いた環境で育ったせいかもしれない。

両国橋も何度か渡り、橋の欄干から流れる川面を見た。そんな時、周五郎の文章の一節が口からこぼれる。

今月は妙な書き出しになった。

年明けの夕暮れ、その両国橋を渡った。それも小雨に煙る夕方であったから、余計に周五郎の一節が浮かんだのかもしれない。丁度、初場所の中日(なかび)前後で、ひさしぶりに日本人力士が全勝を続けていたので国技館の建物がこころなしかふくらんでいるように映った。

相撲見物に行ったのではない。国技館のすぐそばにある江戸東京博物館で、レオナルド・ダ・ヴィンチの絵画が展示してあるというので鑑賞に行った。

『糸巻きの聖母』と題された作品で、私はこの作品を十年以上前に、スコットランドのエジンバラにあるナショナルギャラリーで見たことがあったが、その折は作品を鑑賞しても強い印象を受けなかった。その理由はたぶん、レオナルド・ダ・ヴィンチというルネッサンスを代表する画家についてよくわかっていなかったこともあったのだろう。

私がダ・ヴィンチの作品をあらためて見直すきっかけになったのは、スペイン・フランスの美術館である。足掛け七年美術館を巡る旅をして、これ以上、絵画を巡る旅を続けていては、私の本来の仕事（小説の執筆）に大きな支障を来たすと判断した。だから旅の終わりを迎えたパリで、最後に、クロード・モネの『睡蓮』があるオランジュリー美術館と、ルーヴル美術館に出かけた。

七年の旅は、一枚の絵画と出逢うための旅だったが、私には、この絵が自分にとっての一枚というものは見つからなかった。私自身、旅のなかばで、この旅は、最後には、しあわせの青い鳥を探しに出かけた二人の少年と少女の旅のようになるのではという、おぼろな不安を抱いていた。

それでもオランジュリー美術館であらためて鑑賞した『睡蓮』の連作は素晴らしいものだった。

——きっとこの絵なのだろう……。

私は自分に言い聞かせた。

モネとは、運命とは言わぬが、小学生の時に出会っている。六人の子供の世話と大勢の人の面倒を見ながら生きていた母が、一日休みを取って、山口の田舎町から岡山、倉敷にある大原美術館に、絵が好きだった息子のために出かけてくれて、そこで一番印象に残った作品が、小作ではあるが、モネの『睡蓮』であった。少年の私は、他の絵画を見ずに、その絵だけをじっと見ていたという。

私は連作『睡蓮』をよくよく鑑賞し、その足で、目と鼻の先のルーヴル美術館にむかって歩き出した。

春の陽がチュイルリー公園の木々の葉を明るく光らせていた。

フランス絵画をひととおり見て、館を出る前に、ダヴィッド、アングルの大作が並ぶ展示館へ行った。そうしてその館の奥にはルーヴル美術館を訪れる大半の人が鑑賞する『モナ・リザ』が展示してあった。いつも大変に混雑する場所で、作品も辛抱強く待たねば目の前では鑑賞できない。

——いちおう見て行こうか……。

予期したとおり、大変な見物人の数であった。絵画に近づくには一時間かかるかもしれない。

私の隣りにアメリカ人の夫婦と少年がいた。少年は、ぜんぜん見えないよ、と不満を言っていた。父親と母親はオペラグラスを渡し合って見ていた。父親が少年を抱きかかえ、オペラグラスを渡した。

「見える?」

「ああ、見えた、見えた」

父親が少年を下ろした。母親が訊いた。

「どうだった?」

「**普通の女の人だね**」

父親は苦笑し、母親は、美しかったでしょう、と少年に言っていた。

三人はその場を立ち去った。

——普通の人か……。

私も口元をゆるめてその言葉を反復した。

——普通の女性か……。

私は周囲の見物人の顔を見回した。誰もが興奮していた。

——何なんだ、これは……。

フランスに渡る以前から画家の手元にあったという『モナ・リザ』の年月を数えた。

五百年の歳月、鑑賞者のこころをとらえ続けた、その力はどこにあるのだろうか。そう思った途端、私はダ・ヴィンチだけは作品を見ておかねばならないのではと思った。

この十年かけて、ダ・ヴィンチのほぼすべての作品を鑑賞した。ロンドンのナショナルギャラリーで開催された、これだけの作品が揃う(そろ)ことは二度とないという展覧会も雨中、三時間待って入場した。その折の感動は今も忘れない。少年が「普通の人」と言った『モナ・リザ』の面立ちは、普通ではないのかもしれない。『糸巻きの聖母』は日本にやって来た彼の六作目の作品だ。やはり他の画家と違う、力が伝わってきた。

今年からまた絵画の旅をはじめることにした。以前とは違って、ゆっくりしたペースだ。ダ・ヴィンチは少年の言葉とは逆に、私には怖いところがある。今年、この欄でその旅の話が少しできればと思う。

イタリア／ミラノ、ローマ

Milan & Rome, Italy

荒削りの可能性と、終焉（しゅうえん）に見えるもの

この夏、十年振りにイタリア・ミラノを訪れた。

ローマからはじまったイタリア旅の、最後がミラノだった。

暑い夏の中の旅行だった。ナポリでは酷暑のために亡くなる人まで出ていた。

午後からパリにむかう朝、その美術館にむかった。見事な城壁の中央にある門を潜（くぐ）り抜けて、スフォルツァ城内に入った。ルネサンスの後期、ミラノ公国をおさめていた野心家で、戦闘好きなイルモーロことルドヴィーコ・スフォルツァが居城としていた城である。

チケットを買い、室内に入ると、中央にその作品のうしろ姿が見えた。

絵画ではなく、彫刻作品である。まわりこんで作品の正面に立った。

——何だ？　これは……。

思わず声が出た。

未完の作品とは聞いていたが、ここまでだとは思わなかったからだ。

石塊を削り落とした鑿（のみ）の荒い目がそのまま残った未完の作品は、一人の人物がもう一人の人物を背負っているように見えた。

天井からの照明に浮かぶ奇妙な石のかたまりは、雪野にあらわれた幽霊を連想した。

作者はルネサンスの巨匠、ミケランジェロである。しかもミケランジェロの最後の作品である。

『ロンダニーニのピエタ』と呼ばれている。名称は、この作品が長い間、ロンダニーニ家の庭に置いてあったからだ。〝ピエタ〟とはイタリア語で、「哀れみ」「恭順」「深い信仰心」という意味を持つが、美術作品では、十字架から降ろされたイエスの遺骸に寄り添って嘆くマリアの姿を表現した絵画、彫刻を総称して〝ピエタ〟と呼んでいる。古くから〝ピエタ〟は作られたが、十二、十三世紀頃から教会で〝ピエタ〟を祀ることが流行した。

ミケランジェロは生涯で四作の〝ピエタ〟像を制作している。『ヴァチカンのピエタ』『フィレンツェのピエタ』『パレストリーナのピエタ』『ロンダニーニのピエタ』である。

ルネサンスの後期、ミケランジェロは、突然、美の世界にあらわれ、天才と呼ばれた。その突然が、『ヴァチカンのピエタ』の像であった。二十四歳の時である。

今回の旅のはじめに、私はヴァチカンのサン・ピエトロ大聖堂の入口に展示してあるこの作品を鑑賞した。

　たしかに二十四歳の若者が、これほどの彫刻をいきなり完成させたのであるから、それはやはり当時の人々も驚いただろう。大理石はよく研磨され、ヴィロード、絹のようにやわらかに映り、何より我が子の死を嘆く母親マリアが、若く美しかった。この若さは当時も少し問題になった。イエスの死の折のマリアはこんなに若くはないと……。しかしその意見が吹き飛んでしまうほど、マリアは美しかったのである。私もヨーロッパの美術館を十数年の間訪ねて、絵画、彫刻のさまざまなマリアを鑑賞してきたが、これほど美しいマリアを見た記憶がなかった。マリアの膝の上に横たわるイエスの肉体も筋肉質で、ギリシャ彫刻を思わせた。


『ヴァチカンのピエタ』を鑑賞した記憶がまだ鮮明であったから、目の前の未完作『ロンダニーニのピエタ』は彫刻作品とはどこか別のものに思えた。

　よくよく見ると手前の人物（イエスなのだが）が背負っているように見えたもう一人の人物（マリア）の左手が、イエスの左肩から胸、うなじを撫でているように思えた。そうして見えない（まだ石の中に埋もれている）右手がイエスを抱き上げようとしているのではと思えた。

イエスの顔はほとんど出来上がっていないが、マリアの顔からは表情が伝わってくる。

――嘆いている。やはりピエタなのだ。

しばらく細部を観察し、私は像から離れ、全体を眺め直した。すると奇妙なことに気付いた。ふたつの像がやや弓なりになっており、目を細めると、一枚の羽根のごとくイエスとマリアが上方にむかおうとしているように見えた。

これは作者の、ミケランジェロの意図であったのだろうか？　おそらくその意図はあったはずだ。

逆側からも、背後からも、私はその像を鑑賞した。そうして正面に戻り、それまでの印象を忘れて、素直な目で見直した。しばらくして、この作品にしかないものは〝可能性〟ではなかろうかと思えて来た。荒削りのものだけが持つ可能性。そんな印象を抱いて、私は像の下を離れた。

伝記によると若い日のミケランジェロは才気にあふれているだけではなく、自他ともに認める芸術家としての能力があったがゆえに、あのレオナルド・ダ・ヴィンチの前でさえ、相手の作品を平然と罵倒したし、同時代の他の芸術家を手厳しく批判した。

文献を読んでの、その印象が強かったせいか、私はミケランジェロを好まなかった。ところが彼の晩年の姿を調べていくと、物静かで、周囲の人へ気遣いをあらわすようになっていたのを知って、何が、あの傲慢とも思えた若者を、まったく別の老人に変えたのだろうか、と考えるようになった。

そんな折での『ロンダニーニのピエタ』との出逢いであったから、私はミケランジェロをもう一度見つめ直そうと思った。

帰国して、最晩年に彼が書いた詩を見つけた。その終章にこうあった。

〜人がいかに褒めたたえようと　絵画も彫刻も　もう魂を鎮めてくれることはない　魂は　十字架の上に腕をひろげたあの聖なる愛にすがるのみ〜

（アスカニオ・コンディヴィ『ミケランジェロ伝』岩崎美術社）

ミケランジェロは神への想いも、若い時とはあきらかに変容していた。

おそらくミケランジェロは、最晩年に、何かを感じ、何かを見たのだろう。それが何なのかは誰にもわからないが、それはてのひらの上に乗るほどの、ささやかで、ごくちいさなものであるような気がする。

荒削りの中にしかない可能性と、生きる終焉で見つめるものが、一人の人間の中に共存していることが何とも不思議である。

八十九歳でこの世を去った一人の芸術家が見つめていたものについて、想いを馳せることができただけでも、今回の旅は上等な旅であったのだろう。

宮城／仙台、アメリカ合衆国／ニューヨーク、フランス／ニース、ヴァンス

Sendai, Miyagi & New York, U.S.A. & Nice, Vence, France

カレンダーの美しい旅もあるのだ

センスの良いカレンダーにめぐり逢い、それを一ヶ月が過ぎる度にめくって、新しい月のページを眺めるいっときの時間が、私は好きである。これからはじまる新しい一ヶ月で何か良いことと出逢うような気持ちさえして来る。

仙台の私の家に、今年はお気に入りのカレンダーが届いた。アンリ・マティスの作品を月毎に鑑賞できるカレンダーである。それぞれの作品の選択がいい上に、このカレンダーにはちょっとした工夫がしてある。カレンダーとともに作品の解説が一作一作入っている小冊子が添えられてあり、その対のページが真っ白になっている。そこに一ヶ月眺めたマティスの作品をはぎ取り、糊付けできるようになっている。一年が終れば、手元に一冊のマティスの画帖が残ることになる。

丁寧に企画をしたものである。この手のものがこれまでなかったわけではないが、印刷の上がり、紙の選び方がこれほど上品なものは、これが初めてである。

私の先輩のTさんの会社から贈られたカレンダーである。Tさんの会社は動物の医薬品の製造、販売をしている。世界でも優秀な企業だが、ヒヒーン、モーとか、ワンワンとかのオクスリの会社がマティスと言うのが微笑ましいし、センスがイイナと思った。

自宅には部屋ごとに、いくつかのカレンダーが掛けてある。家族に犬がいるので、当然、犬の写真のカレンダーもあるし、私が海外へ美術館をめぐる旅をした時は、美術館で買い求めたミロや、クレー、モランディのカレンダーもあった。世界のゴルフ場を取材していた頃は美しいゴルフコースのカレンダーも掛けられていた。エレベーター・リフトの製作会社からもらった、めくる度に童話の世界の切り絵のようなものが立体で飛び出すカレンダーは犬たちに人気だ。

最初に書いたように、カレンダーには、迎えるべき明日の時間への光のようなものが感じられる。今は少し大変でも、きっと良い時間が来るさ、と、その日付けを眺める。

若い時分、制作プロダクションに夜のアルバイトへ通っていた頃、カレンダーの制作をしたことがあった。たしか日付けの数字のことを、タマと呼んでいた。ちいさなプロダクションだったからタマを間違えたら会社は倒産してしまいますからね、と社長に言われたのを覚えている。

カレンダーの企画は、年が明けたらすぐにはじまった。一年後のカレンダーである。あの頃は、いろんな会社がさまざまなカレンダーを制作していた。航空会社のカレンダーは世界の主要都市の美しい場所で、その国の美しい女性が登場し、トルコには美人がいるんですね、などと会話をしていた。製油会社が収集した仙厓(せんがい)の禅画、書を一年にわたって紹介したカレンダーは切り取って額装にしたりした。

私の後輩の写真家が、夜明け前に富士山の麓へ行き、そこで撮影した富士山にかかる雲に朝陽(あさひ)が当たり、その雲が龍に見えるので、開運のカレンダーにしているものもある。

世界中で一番カレンダーを多く制作しているのも日本と日本人である。それを知ると、日本人は希望や、明日への願いを他の国の人より抱いているのかもしれない。

Tさんからのマティスのカレンダーを眺めていて、『ジャズ』シリーズや『サーカス』をニューヨークで鑑賞した時間がよみがえった。同時に、これらの作品を画家が制作していた南仏の風景が思い出された。

一九四一年、七十一歳のマティスは十二指腸癌(がん)の手術をしたが、手術の後遺症が残り、車椅子での生活を余儀なくされた。絵筆を握ることが不自由になった。それでも画家の制作意欲はおとろえることはなく、マティスは着色した紙をハサミで切り抜き、これを貼り合わせて〝マティスの切り絵による世界〟に挑んだ。ハサミで切ったパーツを長い棒の先の針で刺し、これを壁に貼り付けて行く。

当時のマティスの制作中の写真を見たが、これがなかなかユニークで、壁の上部、天井に近い場所に画家は丁寧にパーツを貼っていた。この写真を見ていて、マティスの切り絵を鑑賞するのに最適な距離のことを私は思った。画家が作品を制作した距離こそが、その作品を鑑賞する最良の距離なのだ。私は何か発見でもしたような気持ちになり、ヨーロッパから大西洋を渡ってニューヨークへ行き、美術館でそれらの作品の前に立つと、なんと美術館のガイドブックに同じことが説明されていて、それはそうだな、と恥かしくなった。

南仏は、晩年のマティスを抱擁してくれた場所である。ヴァンスへ行けば、マティスが描いた聖母子像と美しくかがやくステンドグラスのあるロザリオ礼拝堂がある。

この礼拝堂は、車椅子での生活をはじめた時のマティスの夜間の看護に通っていた若く美しい看護学生、モニーク・ブルジョアが、後年出家して、ドミニコ会修道院のシスターとなり、彼女の助けを借りて、四年の歳月をかけて完成させた教会である。教会は少し勾配のあるちいさな通りに、さりげなく建っており、案内板がなければ見落としそうなほど、村の風景にとけこんでいる。それがいかにもマティスらしくて清々(すがすが)しかった。

ニースにあるホテル・レジーナも、晩年のマティスが住んでいたホテルである。私はここを訪れ、その部屋を見ようとしたが、すでに当時の部屋は改装されていた。マティスが切り絵のパーツを、細く長い棒でゆっくりと丁寧に貼り付けようとした壁を見てみたかった。それともうひとつは、その部屋に大きな鳥カゴがあったのを写真で見ていたから、人の背丈より高くて、子供部屋ほどの大きな鳥カゴがどんなものか興味があった。たしかカナリアが十数羽飼われていたと思うが、カナリアたちが老画家にむかってどんなふうに鳴いていたのか、想像しただけで嬉(うれ)しい気持ちになっていたからだ。

晩年のマティスは、地中海の光と、画家を見守る美しい婦人たちのまなざしの中で、やわらかな日々を送ったのだろう。

ひとつのカレンダーから、一人の画家の生涯を旅した気分だった。

カレンダーの美しい旅もあるのだ。

写真　宮本敏明
装丁　脇野直人

本書のプロフィール

本書はダイナースクラブ会員誌『シグネチャー』に連載された「旅先でこころに残った言葉」および「旅と言葉」の中から、一部再編集し、加筆、改題し、二〇二〇年に単行本『読んで、旅する。旅だから出逢えた言葉Ⅲ』として刊行。同書を文庫化したものです。

小学館文庫

旅だから出逢えた言葉Ⅲ

著者　伊集院　静

二〇二二年十二月十一日　初版第一刷発行

発行人　飯田昌宏
発行所　株式会社　小学館
〒一〇一-八〇〇一
東京都千代田区一ツ橋二-三-一
電話　編集〇三-三二三〇-五四三八
　　　販売〇三-五二八一-三五五五
印刷所――――凸版印刷株式会社

この文庫の詳しい内容はインターネットで24時間ご覧になれます。
小学館公式ホームページ　https://www.shogakukan.co.jp

ISBN978-4-09-407215-0